耶路撒冷

JERUSALEM

Selma Lagerlöf

〔瑞典〕**塞尔玛·拉格洛夫** 著

崔扬 译

人民文学出版社
PEOPLE'S LITERATURE PUBLISHING HOUSE

图书在版编目(CIP)数据

耶路撒冷/(瑞典)塞尔玛·拉格洛夫著;崔扬译.
—北京:人民文学出版社,2020(2022.2 重印)
ISBN 978-7-02-015700-6

Ⅰ.①耶…　Ⅱ.①塞…　②崔…　Ⅲ.①长篇小说-瑞
典-现代　Ⅳ.①I532.45

中国版本图书馆 CIP 数据核字(2019)第 189187 号

责任编辑　朱卫净　周　展
封面设计　钱　珺

出版发行　人民文学出版社
社　　址　北京市朝内大街 166 号
邮政编码　100705

印　　制　山东新华印务有限公司
经　　销　全国新华书店等

开　　本　890 毫米×1240 毫米　1/32
印　　张　8
字　　数　120 千字
版　　次　2020 年 10 月北京第 1 版
印　　次　2022 年 2 月第 2 次印刷

书　　号　978-7-02-015700-6
定　　价　49.00 元

如有印装质量问题,请与本社图书销售中心调换。电话:010 - 65233595

目　录

引　言

小说《耶路撒冷》出自一位瑞典作家之手。她是迄今为止唯一一位获得诺贝尔文学奖的女性作家 [1]，与她同时期获此殊荣的作家还有吉卜林 [2]、梅特林克 [3]，以及霍普特曼 [4]。瑞典文学院是这样表彰塞尔玛·拉格洛夫女士的："她的作品中高贵的理想主义、丰饶的想象力、亲切而优美的风格，令她脱颖而出。"五年后，也就是一九一四年，这个令人敬仰的团体将拉格洛夫女士推举为瑞典文学院院士，她由此成为十八位"不朽"院士中唯一一位女性。

是何种神秘力量，使拉格洛夫女士既能得到学院派的认可，跻身经典，同时又深受斯堪的纳维亚民众的欢迎与爱戴？在她步入瑞典文坛之际，冷峻的现实主义风格正风生水起，斯特林堡以犀利的笔触横扫了一切华而不实的文风，人们也习惯了戏剧和小说近乎残酷地揭露现实。然而，拉格洛夫女士的作品尽管呈现着近代浪漫主义的气质，却包裹不住她内心的理想主义情怀。在她笔下，一方面人类活生生的现实弥漫着一种未知的奥秘气息，另

1　该引言的写作时间为 1915 年。

2　约瑟夫·鲁德亚德·吉卜林（1865—1936），英国小说家、诗人。1907 年吉卜林凭借作品《基姆》获诺贝尔文学奖。

3　莫里斯·梅特林克（1862—1949），比利时剧作家、诗人、散文家，代表作《青鸟》。1911 年获得诺贝尔文学奖。

4　盖哈特·霍普特曼（1862—1946），德国著名剧作家。1912 年霍普特曼因作品《群鼠》而获得诺贝尔文学奖。

一方面虚幻的民间传说、童话故事、地方迷信则透射出种种亦幻亦真的神态。"品读塞尔玛·拉格洛夫女士的作品，"瑞典作家雨果·阿尔芬说，"就如同在薄暮时分坐在西班牙大教堂……令人分不清身处梦境还是现实，但确凿无疑的是，这样的阅读使人沐浴在圣洁的光辉中。"无论瑞典人，还是益格鲁-撒克逊人，普通民众很快便厌倦了冷酷呆板的现实主义文风，转而拥抱有益身心的理想主义文学，比如拉格洛夫女士的这些作品。除此之外，这位瑞典女作家独特的语言风格也深深吸引着读者——如此非凡的风格让人能一下想到英国作家查尔斯·兰姆[1]。你可以把她的风格描述成有张有弛的散文狂想曲，常于不知不觉间热烈地冲疆破界。

尽管拉格洛夫女士不吝分享她的人生困惑与世间情谊，其作品的浑然天成却非仰仗其人生经验。否则，她的作品中又怎会出现欧洲各地的芸芸众生？她以女性温暖而细腻的同情心，以及童真的视角来看待她的人物。瑞典文学评论家奥斯卡·莱文汀宣称，"塞尔玛·拉格洛夫拥有一颗童心与一双孩童的眼睛。"正是这份天真促成了她笔下简单而率性的人物类型。他们也许深邃而坚定，却绝不会复杂得让人难以理解。正如文学批评家约翰·莫特森指出的那样——对待那些更具异质性的人物，就像《耶路撒冷》中的神秘人物海尔干，作者只是点到为止，给人以余音缭绕

---

1 查尔斯·兰姆（1775—1834），英国著名散文家，代表作《莎士比亚戏剧故事集》《伊利亚随笔》《英国戏剧诗样本》。

之感。这与易卜生是多么不同啊！塞尔玛·拉格洛夫女士更乐于分析寻常人的情感动机，而非挖掘怪异的心理状态。这就能解释人们读到《耶路撒冷》中发生的种种不同寻常的历史事件时，为什么没有排斥，而是欣然接受。

《尼尔斯骑鹅旅行记》是她诸多作品之一。在这本书里，拉格洛夫女士通过一只鹅在飞行中历经的各种情境，描绘了瑞典人民的民族性格。在另一部小说《戈斯泰·贝林的故事》中，她展现韦姆兰省的生活图景。那里是她的故乡，她在一八五八年出生在当地的一座庄园。韦姆兰的芸芸众生和那些居住在简朴庄园里的穷绅士崇敬星空，钟情小提琴，热爱舞蹈，因而很容易养成一种洒脱的气质，对生活中的悲苦一笑了之。这样的群体与小说《耶路撒冷》描述的达勒卡里亚民众截然不同。达勒卡里亚是拉格洛夫女士的第二故乡。那里的人们也喜欢在仲夏夜热舞一番，他们的服饰在瑞典是最华美的，却又以严肃和坚定的气质而闻名，因为他们崇尚耕种，思想保守。他们曾经是忠诚的天主教徒，现在是路德教的坚定捍卫者。他们不易被说服，然而一旦热情燃起，却又有着一种九死不悔的决绝。有人认为，他们起初对古斯塔夫·瓦萨[1]驱逐丹麦人的呼吁置若罔闻，但最后紧随古斯塔夫走过斯德哥尔摩大门的正是他们。也是在他们的辅助下，古斯塔夫·瓦萨建立了现代瑞典。达勒卡里亚人不在乎贵族头衔；

1　古斯塔夫·瓦萨（1496—1560），瑞典国王。1521 年在达勒卡里亚郡领导民众起义，1523 年打败丹麦占领军，被推选为国王，建立了瓦萨王朝。

在这些有田有产且坚韧不拔的农民看来，他们自己就是贵族。对于瑞典人民来说，达勒卡里亚人是在民族危急时刻可以委以重任的底牌。

《耶路撒冷》起笔于极富威望的英格玛森家族的兴衰跌宕，逐渐触及整个教区的百态群像，牧师、教师、店主、客栈老板各色人等一一登场。小说讲述了一位来自芝加哥的实用神秘主义者，在来到小镇之后引发一场宗教复兴，导致众多家庭变卖祖宅——在小说最后一章——踏上移居圣地的旅程。

有时，真相比小说更奇幻。《耶路撒冷》改编自上世纪达勒卡里亚人宗教朝圣的真实历史事件。多年前，引言的笔者曾带着疑问参观了小说中描述的教区，看见了被遗弃的农场和破败的家园，也看到了一些耶路撒冷朝圣者返回故里的情景。不仅如此，一次亲身经历让笔者似乎领略到了这种宗教狂热的精神。那是午夜时分，我在返回客栈的途中偶遇一位骑行者。他身穿蓝色运动衫，胸口本该印着大学校名的位置，却代之以黄色的十字架。这位骑行者一见到我马上从自行车上下来，执意要为我带路。到了客栈后，我拿出一克朗想要略表心意。我的向导却微笑着，似乎被某种幸福的愿景迷醉。"不！我不要钱，但是这位绅士，请你买下我的自行车！"正当我为这样的请求惊讶不已时，他又充满自信地微笑着解释道："昨晚，上帝现身于我的梦境，他告诉我，今天午夜时分我会在十字路口遇到一位说异国语言的陌生人，'这位陌生人将买下你自行车！'"

这篇小说以人物独白开篇，将英格玛的内心世界充分敞开，这是塞尔玛·拉格洛夫偏爱的写作手法。由此，她可以潜入人物的灵魂深处探个究竟。英格玛这段耕犁独白细腻地展现了良知和欲望在他内心深处激烈搏斗的过程。当然，这样的序曲主观性强，对于不熟悉这位瑞典作家写作手法的读者来说，需要好好消化一番才行。可尽管如此，读者很快就会带着浓厚的兴趣继续读下去。因为接下来，作者描述了英格玛与杀婴的未婚妻在监狱门口相见的场景，他认为自己在道德上对这场悲剧负有不可推卸的责任。他要把这个女人带回家，并显然做好了直面家族耻辱与社会谴责的准备，但事实上，他却赢得了整个教区对他的尊敬。主任牧师是这样宣布的："现在，玛莎嬷嬷，你应该为英格玛感到骄傲！显然，他继承了这古老的血统。所以从今往后，我们该叫他'大英格玛'[1]。"

英格玛家族两代人的命运贯穿全书。他们的爱情故事与书中描述的宗教热情一样摄人心魄。令人无法释怀的是拍卖会上的一幕，英格玛的儿子为了保住英格玛家族的祖业，背叛了他的爱人格特鲁德，转而与他人缔结连理。这两代英雄在我们眼中都富于悲剧感，但从另一方面看，我们也为之付出了悲悯。他们内心深处暗藏的两股激流交替着左右他们的行为，我们则为之辗转反侧，痛心不已。有时，他们选择遵从内心的渴望，譬如书中描绘的这生动一幕：卡琳·英格玛森当着众多追求者的面，在

1　原文为 Big Ingmar，Big 用于人名可音译成"比格"。但原文中此处 Big 强调儿子继承了父亲的尊号。在本文中，Big 作为名号象征着地位与身份。因此，后面涉及此译名均被译为"大英格玛"。

茶歇时，突然不顾习俗的规约，公然宣布自己心有所属。书中尽是如此扣人心弦、精彩绝伦的描写：宣教屋集会的场面；赠表和解的情境——大英格玛临终前自认为错怪了哈尔沃，把自己的旧怀表赠予他；"暴风夜"的舞会；沉船事件；格特鲁德弃绝爱人，重新皈依宗教的场景；哥哥赎回庄园，只为给弟弟一家留有退路的场景。在故事结尾处，每每读到耶路撒冷的朝圣者们与故乡依依惜别的场面，谁能不为之动容，谁又能不随之哽咽？

小说《耶路撒冷》潜在的精神动力是理想主义与原始的情感冲动之间的矛盾，这种情感冲动根植于旧有的乡村社会，是一种对家园与故土的依恋之情。不幸的是，这种美德在动荡不安的美国没有被珍视，只能一定程度上在马萨诸塞与弗吉尼亚的老社区，以及临近费城的贵格会教派的家园中感受到。达勒卡里亚乡绅对家园的依恋即是生活本身。在《耶路撒冷》中，这种情感一方面与宗教信仰相持不下，另一方面争夺着爱情的空间。在冲突之下，卡琳牺牲了自己的家园——英格玛农场，为遵从内心的呼声踏上了宗教朝圣的道路；而她的弟弟为了夺回家园，抛弃了自己心爱的姑娘和人生幸福。他们都不圆满，都令人心碎神伤。

《耶路撒冷》的悲剧张力，最终在拉格洛夫女士富于同情心的幽默中轻松化解了。这种幽默沉潜在作品的深处，譬如在我们几乎被她成功地引入宗教狂热的云端之时，会忽地在字里行间捕捉到一抹笑意。没有谁比她更相信狂热是徒劳的——她既不会对人们犯下的愚蠢的错误视而不见，也不会对其横加指责，而是带着一颗温暖的心接纳人性百态。读者们看到最后一幕，面对孩子们徒劳的大喊，既会心一笑，又不禁悲从中来："我们不想去耶路撒冷。我们想回家。"

　　　　　　　　　　　　　亨利·戈达德·利奇

　　　　　　　　　　　一九一五年六月二十八日

　　　　　　　　　　　宾夕法尼亚诺瓦别墅

第一篇

英格玛森家族

一

夏季清晨，年轻的农夫在田里犁地。露珠在晨曦映照下神采奕奕，空气之清新非言语所能道尽。马儿也分外卖力，虽然肩挂耕犁，却形如嬉戏，脚步欢快，催得农夫在后面小跑着追赶。

用耕犁翻过的土地，黑亮亮的，湿润而肥沃。农夫一想到很快就能播种自己的黑麦，喜悦之情便油然而生。"为什么有时我那么难过，会想到生活的艰难？"他疑惑地想，"除了和煦的阳光与新鲜的空气，还有什么能让人像天堂里的孩子一样快乐？"

举目远眺，开阔而狭长的山谷中，嵌着几块黄绿相间的农田。三叶草的牧地规整得落落大方，马铃薯地盛开着花朵，几小块亚麻地长满蓝色的小花，成群的白蝴蝶在那儿嬉戏。山谷中央，坐落着一个大型的老式农庄。一排灰色的外屋沿庄而建，还有一间宽敞的红砖房，明显是供主人居住的。山墙处矗立着两株大梨树，挺拔而繁茂。门口栽着几株青涩的桦树，院内青草席地，堆放着用不完的柴火，牲口棚后还堆着几大捆干草。农庄高耸在低洼的田野上，看起来就像一艘漂亮的海船，带着桅杆和帆布，高高飘扬在宽阔的海洋上。

犁地的男人心想，你的农场多好！有这么多结实的房屋、健壮的牲口，还有忠诚不贰的仆人。至少，你的日子吃穿不愁，不必担心变成一个穷光蛋。

"我担心的可不是受穷。"他说道——好像在对自己说话，

"我要变得像父亲一样，或者像父亲的父亲一样，我才能感到满足！你怎么会有如此愚蠢的想法啊？"他纳闷，"你刚才满心欢喜，不如现在想想这个吧：父亲当家的时候，邻居的活儿都由他安排。早上，他堆干草，他们就跟着堆干草；白天，大伙儿跟他一起在英格玛农庄的休耕地上忙碌，整片山谷到处都是耕犁。再看看现在，我已经犁了两个多小时的地，有一个同伴吗？"

"我觉得我已经把农场经营得很好了，和所有名为英格玛·英格玛森的人一样好，"他继续思索着，"我收割的干草比父亲的多。父亲那个时候农场的沟壑里杂草丛生，现在被我清理干净了。而且，没有人敢说我滥用林地，我没有像父亲那样一把火烧掉它们。

"当然，把这些都做好，常常是很艰难的，"年轻人自言自语道，"我也不能总像现在这样轻而易举地做好所有的事。父亲和祖父在世的时候，村民们常说，英格玛家族最长久，所以他们知道上帝喜欢什么。于是，村民央求他们主管教区，请他们指派教区牧师和教堂司事，由他们决定何时给河水清淤，在何处给孩子们建学校。但到了我这辈，就没人来问询这些了，再没什么事情是由我定夺的。

"这不算什么，在这样的早上，烦恼变得不那么让人难受。我甚至能把它们嘲笑一番，只是，我担心上秋之后情况会变得更糟。如果我把现在的想法付诸行动，无论牧师还是法官——一直以来都跟我保持良好的关系，周日礼拜时就不会再与我亲近了。我从来不奢望做穷人的守护者，也没有想过成为教堂执事。"

　　他在犁沟中来回耕作，也在犁沟中思前顾后，头脑里的活儿可不像手上的活儿这样简单。他孤零零的，无可分心，除了几只捕食的乌鸦窜来窜去。神思如泉涌一般连绵不绝，好像有人在他耳畔低语。这种感觉极为难得，令他欢欣鼓舞。他突然想到，他正在给自己增添不必要的烦恼，其实并没有人希望他草率地一头扎入苦海。他想，要是父亲健在就可以听听他的建议了，以前遇到难题的时候他总是这么做。

　　"如果我知道怎么能找到他，我一定会去的，"他一边说，一边觉得自己的想法很有趣，"如果在适宜的日子，我来到他跟前，大英格玛会怎样回应我呢？他一定住在一个大农场里，那里有大片的土地和草场，有一间大房子，还有很多畜棚，里面圈养着数不清的红牛，没有一头黑色的，也没有带点的……这一切恰如他在世时想要的一样。于是，我走进他的农舍……"

　　这位庄稼汉忽然停在犁沟中央，仰天大笑。他似乎被这些想法惹笑了，一时忘了身在何处。他虽站在犁沟中央，却好像眨眼之间飞入天堂，来到了父亲在天堂的家。

　　"现在我到了客厅，"他在神思中自语，"我看到很多农民坐在墙边的长凳上，沙色的头发，花白的眉毛，厚厚的下唇，个个像极了父亲，真好像一个模子里刻出来的。我看到这么多人，开始害羞，在门口徘徊起来。父亲端坐在桌前首位，看到我便朗声说道：'你好啊，小英格玛·英格玛森！'然后，他起身朝我走来。'父亲，我想跟您说点事，'我说道，'但这儿的生人太多。''哦，他们都是家里的亲戚！'父亲说道，'这些人都住在英格玛农场，最年长的那位来自蛮荒时代。'‘但我还是想跟您私下说。'我坚持道。

"父亲环顾四周，思量着是否该去另一间屋子，然后便引我去了厨房。他坐在火炉旁，我坐在砧板上。

"‘父亲，你的农场可真好。'我说道。‘还不赖，'父亲应道，‘家里最近怎么样啊？'‘哦，一切都还好。去年，每吨甘草我们卖到十二克朗。'‘什么？'父亲说，‘小英格玛，你不是在说笑吧？'

"‘但于我而言，却诸事不顺！'我抱怨道，‘他们总跟我说您像上帝一样睿智，但我的想法却无人在意。'‘你难道不是区议员吗？'老人关切地问。‘不管是校董会，还是教区委员会，都没有我的位置，我也不是区议员。'‘你有什么失职之处吗，小英格玛？'‘好吧，他们说过能指挥地区事务的人，首先必须处理好自己的事情。'

"接着，我仿佛看到老人垂下眼睑，静坐沉思。一会儿，他说道：‘英格玛，你应该娶个好姑娘。'‘但这正是我做不到的，父亲，'我答道，‘我们的教区，没人愿意把女儿嫁给我，就连穷人和底层人也如此。'‘你坦白告诉我这是怎么回事，小英格玛。'父亲说道，声音异常柔和。

"‘父亲，是这样，四年前——也就是我接管农场那年——我开始追求博格斯考格的布丽塔。'‘让我想想——我们的村民有人住在博格斯考格吗？'父亲好像忘记了尘世的一切。‘没有。但他们是有钱人家，您一定记得布丽塔的父亲还是国会议员吧？'‘我当然记得，但你本该娶我们自己的人，这样你就有一位熟悉我们习俗的妻子了。''父亲，您说得没错，不久我就明白这一点的意义了。'

"此时，父亲同我都沉默下来。而后父亲继续问道：'她长得很漂亮吧？''是的，'我答道，'她有一头乌发，明亮的眼眸，粉润的面颊。她也很聪慧，所以母亲对我的选择很满意。这本该是一桩美事，但错在她并不中意我。''女孩的意愿并不打紧。''她的父母逼她同意这桩婚事。''你怎么知道她是被逼的？坦白地说，我认为她这样的姑娘巴不得嫁给一个有钱人，就像你英格玛·英格玛森。'

"'哦，不！她对婚事没有流露任何喜悦之色。按照惯例，发布了结婚预告，敲定了婚期，这些都还顺利。由于母亲年迈体弱，布丽塔便来到英格玛农场做帮手。''这不是挺好吗，小英格玛？'父亲说道，像是在鼓励我。

"'但那一年农场收成不好。马铃薯歉收，奶牛患疾，所以母亲跟我决定把婚礼推迟一年举行。我觉得只要教会发布了婚礼预告，其他的事情并不要紧。或许这个想法有点老派吧。'

"'如果你娶的是我们族人，她会有这个耐心的。'父亲说道。'是啊，'我说，'我能看出来布丽塔不喜欢推迟婚期。但你明白，我那年根本负担不起一场婚礼。春天刚办过葬礼，我们都不愿意再从银行取存款了。''推迟一年婚期是明智的决定。'父亲说道。'但我有点担心布丽塔不在乎婚礼前的洗礼。''一个人首先得充足钱袋子。'父亲说。

　　"'布丽塔日渐冷漠。我曾以为她身体不适，甚至推测她想家了，毕竟她那么热爱自己的家乡和父母。我想这些都会过去，当她适应我们这儿的生活，她就会把英格玛农场当作自己的家。就这样，我忍受了一段时间。一天，我问母亲，布丽塔为何脸色苍白，时而狂躁。母亲说那是因为她怀孕了，等到瓜熟蒂落，她便会恢复原来的样子。我隐隐觉得，布丽塔一直对婚礼延期耿耿于怀。父亲你曾说过我大婚的时候应该把房子粉刷一新，可在那样的年景我根本负担不起这笔费用。我想只要一年，一切都会好起来。'"

　　这位庄稼汉继续向前犁地，嘴唇动个不停。他觉得父亲仿佛就在眼前。"我应该把事情原原本本地告诉他老人家，"他自言自语道，"这样他就能给我一些建议了。"

　　"'冬去冬又来，一切如旧。有时候我觉得，如果布丽塔一直这样闷闷不乐，或许我该放弃她，把她送回家。然而，一切都已为时已晚。五月初的一个夜晚，我们发现布丽塔悄悄出走了。我们找寻了整整一夜，直至第二天清晨才有个女仆找到了她。'

　　"我很难继续讲下去，只能在静默中寻求慰藉。父亲大呼：'看在上帝的分上，她没有死，对吧？''对，她没死。'我说。父亲注意到我颤抖的声音。'孩子出生了吗？'他问道。'是的，'我答道，'但布丽塔掐死了他。孩子躺在她身边，死了。''她一定是疯了。''哦，她知道自己干了什么！'我说道，'她在报复我，报复我凌驾在她之上。如果我如期娶了她，她不会做出这样的事。她说既然我不打算让自己的孩子光明正大地降生，她就只能这样做。'父亲悲痛欲绝，良久，他说道：'你喜欢那个孩子吗，小英格玛？''是的。'我回答。'我可怜的孩子！遇到这样的坏女人是你的不幸！她该进监狱。'父亲说道。'她被判了三年。''就因为这个，没有人敢把女儿嫁给你了？''是的，但我也没想过再娶亲。''这也是你在教区失势的原因？''他们都认为布丽塔本不该如此。村民都在议论，说我如果像您一样明智，就会找布丽塔谈心，及早发现她的困扰。''要一个男人理解一个坏女人，谈何容易！'父亲说道。'不，父亲。布丽塔不是坏女人。她只是太骄傲了！''一回事。'父亲说。

　　"父亲似乎站在我这一边。我说道：'许多人认为我本该悄无声息地处理这件事，这样别人就会以为孩子一出生就死了。''难道她不应该接受惩罚吗？'父亲说道。'他们说如果您来处理这件事，首先会让发现她的仆人管好嘴，不得泄露半句。''要是那样，你会娶她？''唉，我就不该想娶她。那时，因为她郁郁寡欢，我本打算一周之后就送她回家，或者取消婚礼预告。''顺其自然吧，不能指望你年纪轻轻就深谋远虑。''现在整个教区都认为我对布丽塔过于刻薄。''她才更可恶，让你这样一个老实的农民蒙受耻辱。''但是，之前是我执意要娶她。''她应该高兴。'父亲说道。'父亲，她遭受牢狱之灾，难道我没有错吗？''我看她是自食恶果。'我起身，缓缓说道：'所以，您觉得我不该为她做点什么，待她秋天出狱的时候？''你想做什么？娶她？''是的。'父亲看了我一会儿，问道：'你爱她吗？''不！她毁了我的爱。'父亲闭上了双眼，开始沉思。'父亲，我摆脱不掉这种念头：我

给别人带去不幸。'

　　"老人家静坐在那，一言不发。

　　"'我最后一次见到她是在法庭上。她很温和，十分想念自己的孩子。她没有一句责备我的话，她把所有过错都归咎于自己。许多人在法庭上感动得流下眼泪，连法官都强忍着悲痛，只判了她三年。'

　　"父亲依旧一言不发。

　　"'秋天刑满之时，她会再次陷入艰难。她会被送回家，但她在博格斯考格的家人不会欢迎她回去。家乡的人都将以她为耻，而且一定会给她难堪！她只能待在家里，无处可去，甚至连教堂都不能踏入。总之，她将面临种种艰辛。'

　　"但父亲没有回应。

　　"'我娶她也不是容易的事！拥有这样庞大的农场，却要娶一个连男仆和女佣都鄙视的妻子，我的前景也并不乐观。母亲也不会喜欢她。我们也不能在家里宴请宾客，连婚礼葬礼都无法在家操办。'

　　"父亲没说一句话。

　　"'法庭上我竭力帮助她。我告诉法官，我不该违背她的意愿，是我的错。我还说相信她是无辜的，不管何时我都愿意娶她，只要她愿意。我那样说，是希望法官能从轻审判。可是，在她服刑期间，我只收到过她两封信，而且她对我的态度不曾改变。所以说，父亲，我在法庭上的那番言辞已经仁至义尽，我不必娶她。'

"父亲坐在那里沉思，一言不发。

"'我知道我是从凡人的角度看待这件事，而我们英格玛家族应该以上帝的视角解决问题。有时候，我会觉得优待这样一个女杀人犯，我们的主可能会不高兴。'

"父亲还是一言不发。

"'但是，父亲，你能想象那种眼看别人因自己受苦，却无法施以援手的感受吗？这几年我常受此折磨，就算她出狱，我也只能袖手旁观。'

"父亲一动不动地坐在那儿。

"此时，我抑制不住眼里的泪水。'父亲，你要知道我还年轻，如果娶了她，我会失去很多东西。人人都觉得我把日子过得一团糟，特别是在这件事以后，他们会更加看不起我！'

"我还是没能让父亲开口。

"'我常常思考，为何我们英格玛家族与自己的农场能共存数百年，其他农场却早已多次易主。我想这是因为英格玛族人依上帝意图行事，我们英格玛不必惧怕凡人，我们只须按上帝旨意行事。'

"老人家抬起头，说道：'这可是一个难题，儿子。我得回去跟其他英格玛族人商议一下。'

"于是，父亲回到客厅，而我留在厨房。等待良久，也不见父亲回来。几个小时后，我生气了，起身去找他。'小英格玛，你得有耐心才是，'父亲说道，'这可是一个难题。'我看到所有的老自耕农都坐在那儿闭目沉思。我等啊，等啊，我想我可能要一直等下去。”

　　他微笑着跟在犁车后面。犁车走得很慢，许是马儿们累得拉不动了。走到一个犁沟的尽头后，他卸下犁具休息，然后一下子变得严肃起来。

　　“奇怪，当你问别人建议的时候，竟然知道怎么做是对的了。甚至在发问之时，就能立刻想通三年都没有弄明白的事。现在，是时候按照上帝的旨意去行事了。”

　　他觉得事情必须得办，但让他感到困难的是，仅仅这么一想，他的勇气就被夺走了。“主啊，帮帮我！”他说道。

　　此时，在户外的不止英格玛·英格玛森一人。一位老人正步履沉重地沿着田地的蜿蜒小路走来。他肩上搭着长柄油漆刷，帽子上、鞋上都撒着红漆点，让人一眼就能看出他的职业。他用一个熟练的油漆工的眼光左顾右盼，寻找需要刷补或者翻新的农宅。他左顾右盼地想要锁定目标，但它们似乎都不太像。最后，他走到山丘顶端的时候，看到了坐落在谷底的英格玛家的大农场。“伟大的恺撒啊！”他停下来惊呼，“那间农宅得有一百年没有粉刷了吧！农宅外墙的黑漆历久年深，谷仓外面也看不出一点颜色。这份工足可以让我做到秋天了。”

　　他看到不远处有一位庄稼汉正在犁地。“这个农民住在这儿，对这一带一定很熟悉。为什么不问问他呢？”油漆匠思索着，“他能告诉我远处那个农庄的事情。”于是，他穿过田间的小路，走向英格玛，询问那座农庄的主人是否愿意粉刷院墙。

英格玛·英格玛森惊讶不已，仿佛眼前这个男人是鬼魂。

"主啊，这是个油漆匠！"他对自己说道，"而且刚来此地！"英格玛惊讶得一时无法回答对方的提问。他清晰地记得，从前只要有人跟父亲说"你应该找人把那间丑陋的大房子好好粉刷一番，英格玛大人"，老人家总是说，这事要等到小英格玛成亲的时候才做。

油漆匠把刚才的问题又问了第二遍、第三遍，英格玛依旧呆立原地，惊愕不已。

"这是族人们商议好的回答吗？"他想，"这表明父亲希望我今年结婚吗？"

他被这种想法统摄住了，当场雇下了这个油漆匠。然后，他继续耕犁，变得欢欣鼓舞。

"这回没什么难办的了，这是父亲的愿望。"他说道。

二

两周后，英格玛·英格玛森站在院里刷马具。这时的他似乎不太顺心，对于手上的活儿也不大耐烦。"这里是上帝的庇佑地吗？"他想着，然后又擦了几下，继续道："如果我脚踏上帝之土，我总觉得一旦下了决心，就该依计划行事。我受不了村民们还要考虑那么久，想出那么多借口。我不该给他们时间抛光马具，油漆车架。我应该把他们直接从地里带回来。"

一阵车轮声从外面传来，他探身张望，立刻认出了马车的主人。"博格斯考格的议员来了！"他朝厨房喊了一句，母亲正在那里干活。一会儿工夫，炉膛便生起了火，咖啡碾磨机也准备好了。

议员把车停到院门口，人却没有下车。"不，我不进去了，"他说道，"我只想跟你说几句话，英格玛。我赶时间，一会儿得出席教区议会。"

"母亲正在煮咖啡。"英格玛说。

"谢谢你们，但我不能耽搁。"

"你很久没到我们这儿了，议员。"英格玛急切地说。

这时，英格玛的母亲来到门口，坚持说："怎么能不喝点咖啡就走呢？"

英格玛解开了马车挡板，议员这才挪动身子。"既然玛莎嬷嬷都这么说，我只得遵从了。"他说道。

这位议员身材高大，气宇不凡，举手投足间尽显绅士风度。相比之下，英格玛和他的母亲则显得容貌朴素，举止笨拙。不过，这位议员十分敬重英格玛世家，他以成为英格玛家族的一员而欣喜，而不是觉得面目无光。平日里他总是站在英格玛的立场，反对自己的女儿，现在受到这么热情的款待，心里自是安然愉快。

一会儿工夫，玛莎嬷嬷端出咖啡，他开始说明来意。

"我认为，"他开口道，而后清了清喉咙，"我认为应该让你们知道我们打算怎样安置布丽塔。"玛莎嬷嬷手里的咖啡杯轻轻抖了两下，茶勺在茶碟里咔嗒一声。整个房间陷入一种痛苦的沉默。"我们想来想去，觉得最好的安排就是把布丽塔送去美国。"

他顿了顿，房间又陷入一阵悲凉的沉默。他一想到这种无言以对，便不由得叹了口气。"她的车票已经买好了。"

"她应该先回家。"英格玛说道。

"不，她回家能做什么？"

英格玛答不出来。他双目半闭，好像要睡着了一般。

这时，玛莎嬷嬷问道："她得准备一些衣物，不是吗？"

"一切都打点妥当了。衣箱已经打包好，就放在洛夫柏。去镇上之前，我们会经停此地。"

"布丽塔的母亲会在那儿等她？"

"哦，不会。她很想去，但我认为她们最好别见面。"

"或许是吧。"

"车票和钱都已经备好，都放在洛夫柏，她以后不至于过得太寒酸。我想应该让英格玛知道这些，这样他就不必再有思想负担。"议员说道。

玛莎嬷嬷沉默不语。她的头巾有些脱落，坐在那低头盯着自己的围裙。

"英格玛得重新找个妻子了。"

这对母子都克制着不出声。

"房子这么大，玛莎嬷嬷需要一个帮手来收拾。英格玛得抓紧办这事，毕竟母亲年迈，不能操劳。"议员稍作停顿，思索他们是否听懂自己的话。"我的妻子和我都希望一切恢复正常。"他最后说道。

听到这些话，英格玛感受到了一种莫大的解脱。布丽塔去了美国，他就可以不必娶她为妻，这个女杀人犯就不会成为老英格玛家族的女主人。他沉着脸，觉得不该在这时表现出喜悦之色，同时思索着自己应该说点什么。

议员在等待他们的回应。他知道要给一点时间，让这些行事老派的人消化这个决定。这时，英格玛的母亲开口了："布丽塔已经受到惩罚，现在轮到我们做点事情了。"老妇人这么说的意思是，如果议员需要得到英格玛家族的任何帮助，以回报他们为平息此事所做的付出，英格玛家族都是责无旁贷的。

然而，英格玛本人却对这番话有不同的理解。他愣了一下，好像突然从梦中被惊醒。"父亲会有何看法？"他想到，"如果我把整件事告诉父亲，他会说什么呢？'任谁都不能拿上帝的旨意开玩笑。'他一定会说这句话。'如果你让布丽塔承担一切罪责，就不要幻想上帝会饶恕你。如果她的父亲为了你的颜面丢弃了她，他就可以从你这儿借钱，但你必须遵从上帝的指引，小英格玛·英格玛森。'"

"我确信父亲一直在关注事态的发展，"他想，"一定是他指派布丽塔的父亲来，目的是让我明白如果一切罪责让她来承担是多么的卑鄙，可怜的女孩！我猜他一定料想到这几天我不准备出行。"

英格玛起身，往咖啡里倒了些白兰地，然后举杯。

"感谢议员今日到访。"他说道，并与对方碰了碰杯。

三

英格玛在门口的桦树下忙了一个早上。他先搭了个脚手架，然后把树冠拉弯，搭成拱形。

"你在做什么？"玛莎嬷嬷问道。

"哦，我想让它们换个长法。"英格玛说道。

转眼到了中午，男人们停工休息。午饭后，农场的帮手们躺在院里的草坪上睡午觉。英格玛·英格玛森也要午休，只不过他睡在卧室的大床上。只有一个人没有午睡，就是这座庄园年迈的女主人，她正在宽敞的房间里织毛线。

前厅的门被小心翼翼地推开，随即进来一位老妇人，肩上挑着扁担，扁担两头分别挂着一个大号篮子。寒暄几句后，她坐在门边的椅子上，掀开篮盖。一个篮子里装着饼干和圆形小蛋糕，另一个篮子里装着新出炉的切好的面包片。女主人马上起身，跟老妇人议价，分分角角争得不亦乐乎，但很快她就抵挡不住甜点的诱惑，她最喜欢拿它们蘸咖啡吃。

挑糕点的时候，她开始跟老妇人攀谈起来。老妇人走街串巷，认识不少人，很是健谈。"凯萨，你是个明理的人，"玛莎嬷嬷说道，"值得信赖。"

"那还用说，"老妇人答道，"如果我不懂得管好嘴巴，我寻思早就有人来扯我头发了！"

"但有时候你的嘴巴也太严了，凯萨。"

老妇人抬起头，显然被这话触动了。

"上帝原谅我吧！"她含泪说道，"我想我应该跟你坦白一件事，有一次我到博格斯考格跟议员的妻子聊天……"

"你是说跟议员的妻子？"

最后几个字说得尤为大声。

屋门开了，但没人进来，英格玛从睡梦中惊醒。他不知道门是自动弹开的，还是有人故意打开的。他昏昏沉沉地躺在床上，但外屋的谈话听得一字不漏。

"告诉我，凯萨，布丽塔为什么不喜欢英格玛？"

"村民们都说是布丽塔的父母在撮合这件事。"老妇人含糊答道。

"凯萨，你就直说吧，别拐弯抹角。我没有什么受不住的。"

"不得不说，每次我在博格斯考格看到布丽塔，她都是一副哭哭啼啼的样子。有一次，她一个人在厨房，我跟她说：'布丽塔，你找了个好丈夫。'她看着我，好像觉得我在取笑她。她走到我跟前说道：'凯萨，你有充分的理由这么说。挺好，真的！'她这样说让我仿佛看到英格玛·英格玛森就站在我面前，看起来却毫不起眼！我一向敬重英格玛森家族，从未有过这种想法。我无可奈何地报以微笑。布丽塔看着我又说了一遍：'挺好，真的！'说完，她转身跑回房间，大哭起来，心碎一般。我边走边对自己说：'一切都会好起来的，一切都会向着英格玛森家族的方向发展的。'我对她父母的做法一点都不奇怪。如果英格玛·英格玛森向我的女儿求婚，女儿若是不答应，我可一刻都无法安宁。"

英格玛在他的卧室里听得真真切切。

"母亲是故意为之，"他想，"她担心我明天去镇里。母亲以为我是去追布丽塔，要把她接回来。她不知道，我胆小得很，没那样的勇气。"

"后来我再看到布丽塔时，"老妇人接着说道，"她已经住在这儿了。我没有问她整日看到高朋满座是什么样的感觉，可当我走到小树林的时候，她追了上来。

"'凯萨！'她叫道，'你最近去过博格斯考格吗？'

"'我前天还在那儿。'我回答说。

"'天哪！你前天去过那儿吗？我觉得自己整整一年没有回家了！'此刻，安慰她还真不是一件容易的事，因为她看起来，仿佛连一根羽毛都承受不了，无论我说些什么，她都会大哭一场。'你可以回家看看啊？'我说。'不行，我觉得不能再回家了。''哦，回去看看吧，'我鼓励她，'博格斯考格现在正是美丽的时候：满园都是飘香的浆果，红彤彤的越橘大丰收。''我的老天爷！'她说着，眼里满是惊喜，'越橘都熟了？''是啊！你回去看看吧。何不住上一天，大吃一顿？''不行，我不敢有那样的奢望，'她说，'回家后，我就更不愿意回到这儿了。''我总是听人说，英格玛是最好相处的人，'我告诉她，'他们是坦诚的。''哦，没错，'她说，'从他们的角度看，他们确实很好。''他们是这个教区最好的人，'我说，'公正无私。''所以，强娶人妻也不会遭到非议！''他们还非常睿智。''但他们只顾自己知晓。''他们什么都不告诉你吗？''除非必要，没人会多说一句。'

"我打算上路了，走之前问了一句婚礼在哪里举行——是在这里，还是她家。'我们想在这里办婚礼，这儿的地方大。''看来，大婚之日就在眼前了。'我说道。'一个月后，我们会办婚礼'，她回答。

"但与布丽塔告别之前，我突然想到英格玛森家族今年的收成不好，于是我补了一句，今年他们未必能够如期举办婚礼。'那样的话，我就投河自尽。'她说道。

"一个月后，我得知婚礼延期了，我担心会发生不好的事，就跑去博格斯考格，找布丽塔的妈妈说说话。'英格玛农庄今年歉收。'我告诉她。'我们理解他们的做法，'她说，'我每天都向上帝祷告，感谢让我们的女儿嫁个好人家。'"

"母亲本不必费心做这样的安排，"英格玛思索着，"农场里没有任何人会把布丽塔接回来。就算看到拱门，她也不必难过：那只是一个男人想做的事，这样他对上帝祷告时可以说：'我想结婚，您得知道我是认真的。'但付诸行动是另一回事。"

"我最后一次看到布丽塔，"凯萨继续说道，"是在一场大雪之后，那时正值隆冬。我沿着野外林间的一条小路艰难地走着，忽然碰到一个人，坐在雪堆上。那不是别人，正是布丽塔。'你一个人在这儿吗？'我问道。'是的，我出来散步。'她说。我呆立在原地，盯着她看。我无法想象她要做什么。'我想看看这附近有没有陡峭的山崖。'她又说道。'哦，亲爱的！你不是想跳崖吧？'我惊讶地说。她看起来一副厌世的模样。

"'是的，'她回答，'如果我能找到陡峭的悬崖，我一定从上面跳下去。''你应该为自己说的话感到羞愧呀，你怎么对得起关爱你的人？''凯萨，你知道的，我是个坏家伙。''恐怕有那么点。'我可能会做出极坏的事情，所以我还是死了的好。''孩子，你胡说什么！''只要跟那些人生活在一起，我就会变坏。'然后，她凑到我跟前，眼里满是狂躁。她厉声叫道：'他们只是想着如何折磨我，如今我就想以牙还牙！''不，不，布丽塔，他们是好人。''他们只想让我蒙羞，如今我该想想如何报复他们。我想放把火，把农场烧了，因为我知道那是英格玛的挚爱。我还想过毒死那些奶牛！它们又老又丑，挂着白眼圈，简直跟他一个样。''狂吠的狗不咬人。'我说。'我得让他吃点苦头，否则我无法平静。''你根本不知道自己在说什么，孩子，'我反驳道，'你要做的事，恰恰会让你永无宁日。'

"随即她大哭起来。过了一会儿，她变得温顺起来，说自己被这些邪恶的念头折磨了好久。我送她回去，分别时，她答应我只要我替她保密，她就不会鲁莽行事。

"但我还是觉得我应该把这事跟别人说说，"凯萨说道，"但是跟谁说呢？一想到你们是这样的大人物，我就不禁打起退堂鼓……"

这时马厩上方的铃声响起，午休时间结束了。玛莎嬷嬷突然打断了老妇人的话："我说，凯萨，你觉得英格玛和布丽塔之间会有转机吗？"

"什么？"老妇人惊讶道。

"我的意思是，如果她不去美国，你觉得她会跟他在一起吗？"

"哎，我认为不会！"

"你确定她会一口回绝?"

"当然,她一定不同意。"

英格玛坐在床边,悬垂着腿。

"现在你弄明白了吧,英格玛," 他想,"我猜你明天肯定还是要去的。"他说着,用拳头狠狠地敲击床沿。"母亲以为让我知道布丽塔不喜欢我,我明天就会留在家里,她怎么能这么想!"

他一个劲儿地敲击床沿,就好像幻想着击垮抵抗他的东西。

"不管怎么样,我都要碰碰运气," 他下定决心,"我们英格玛森家族的人可以从头再来。没有男人会让一个女人为他的错误担责受屈而坐视不理。"

他从未有过如此挫败的感觉,他决定力挽狂澜。

"如果不能让布丽塔幸福,我就该下地狱!"他说道。

起身上工前,他最后一次敲打床柱。

"我确信一定是大英格玛[1]派老妇人过来,让我下决心明天进城。"

四

英格玛·英格玛森到了城里,脚步沉重地朝监狱大门走去。监狱优雅地坐落在山顶,俯视公园。他无心环顾左右,目光垂向地面,像个体弱的老人一样拖着步子前行。在今天这样的场合,他没有穿往常那套别致的农民服,而是穿了一身黑色套装和一件

1　这里指英格玛·英格玛森的父亲。

浆洗过的衬衫，衣服被他弄得有点起皱。他神情肃穆，但掩饰不住焦虑和犹豫。

走到碎石广场，监狱大门便近在眼前了。他看到一个值勤的保安，便上前询问今天是不是布丽塔·埃里克森出狱的日子。

"是的，我记得今天有女犯人要出狱。"保安回答道。

"我指的是那个犯杀婴罪的女犯人。"英格玛解释道。

"哦，那个人！是的，她今天上午出狱。"

英格玛站在树下，目不转睛地盯着监狱大门。"我敢说有些人的狱中生活很难熬，"他想，"但我不是夸张，我比监狱里面不少人受的折磨还多。好吧，我宣布，是大英格玛让我来这里的，要我把即将出狱的新娘接回家里，"他自言自语道，"但我没法描述小英格玛此刻的心情。他更愿意新娘从仪仗队走来，由自己的母亲陪伴着，交给新郎。然后，他们应该驾着布满鲜花的马车，后面跟着仪仗队，她应该装扮成俏新娘，微笑着坐在他的身边。"

监狱大门开过几次。一个神父先走出来，然后是监狱长的妻子，接着是几个打算进城的用人。终于，布丽塔出来了。当大门再次打开时，他感到心脏一阵痉挛。"是她。"他想。他的目光落向地面，整个人瘫痪一般一动不动。缓过神来以后，他抬起头，看见她正站在门外的石阶上。

她站在那里一动不动。良久，她把头巾往后拉拉，露出一双明亮的眼睛。她眺望远方，因为监狱坐落在高地，目光越过城市和绵延的森林，可以看见家乡的山脉。

突然，一股无形的力量似乎震撼了她。她双手掩面，蹲在石阶上。站在原地的英格玛听到了她的哭声。

他走上前，等她哭完。她却沉浸在痛哭之中，对其他声音充耳不闻。他等了好长时间，终于开口说道：

"别哭了，布丽塔！"

她抬头一看。"哦，天哪！"她大叫道，"你来了？"

她脑海中立刻浮现出她曾经对他做过的一切——为了来这儿，他得付出多大的代价！她喜极成泣，上前搂住他的脖子，又啜泣起来。

"我多么渴望能见到你啊！"她说道。

此情此景令英格玛心跳加速。"布丽塔，你为什么如此想念我？"他激动地问道。

"我渴望得到你的原谅。"

英格玛起身，冷酷地说道：

"以后有的是时间。我想我们不应该在这里待太久。"

"不，我无处可去。"她温顺地答道。

"我在洛夫柏订了旅店。"他说道，他们沿路而行。

"我的行李箱还放在那里。"

"我看见了，"英格玛说道，"行李箱太大，没法放到马车后面。所以，先把它放在那儿，我们可以寄回家里。"

布丽塔停下来，抬头看着他。这是英格玛第一次暗示他要带她回家。

"今天我收到父亲的来信。他说你也认为我应该去美国。"

"我觉得多一个选择对你无害。但我不确定你是否愿意跟我回家。”

她注意到他没有说想让她回去，但也许因为他不想再强迫她第二次。布丽塔犹豫起来。把她带回英格玛农场，可不是一件轻松的事。这些话似乎应该早点说出来：“告诉他我要去美国，这是我能为他做的唯一的事。告诉他，告诉他呀！”她的内心涌起一股冲动。然而，她的所思与所言却大相径庭：“我恐怕没做好去美国的准备。他们说你现在干活很卖力。”这些话好像不是她说的，而是出自别人之口。

“哦，他们这么说的。”英格玛冷漠地说。

她对自己的怯懦感到羞愧，想到早上她是如何跟监狱里的神父说自己出狱后要做一个更好的新女性。她完全不喜欢此刻的自己，默然地走了一阵，想着如何能收回自己的话。然而，只要她试着讲话，一种念头就阻挠她，如果他还喜欢她，这种回绝就是对他最忘恩负义的做法。“要是我能获取他的想法就好了。”她心想。

她停下来，靠着墙。“这些噪音和人群让我头晕。”她说道。他伸出手给她，他们两个手牵手地继续前行。英格玛想：“现在我们看起来倒像一对情侣。”他还想到，回家之后她的母亲和其他村民会怎么看这件事。

他们到洛夫柏后，英格玛说他的马已经休息好了，如果她不反对的话，他们今天就可以往回走几站。她想：“现在是时候告诉他，我不会跟他走了。先感谢他的好意，然后告诉他，我不想跟他回去。”她向上帝祈祷，她应该马上告诉他这些——如果他接她回去，只是出于怜悯她。与此同时，英格玛已经把马车拉出车棚。看得出来，马车被重新粉饰了，显得高大堂皇，车垫也换了新布料，马车后身还挂着一小束有点枯萎的野花。看到鲜花，布丽塔停下脚步，思考起来。这时英格玛回到马厩，套好马具，牵着马走出来。她在马颈轭间又发现一束鲜花，她觉得英格玛一定还喜欢她。她决定还是先不要开口，否则他一定认为她是最无情的人，不懂他为她做出的巨大付出。

他们赶了好久的路，在马车上一句话也没说。为了打破沉默，她问起家里的琐事。这些询问不停地提醒他家里人对这件事的评价，而这些正是他所惧怕的。他禁不住想到他们会如何如何惊讶，如何如何嘲笑他。

他只草草地做几个字的答复。这让她总感到自己在求着他说话。"他不想要我了，"她想，"他不喜欢我；他做这一切只是出于怜悯。"

很快，她不再询问。马车走了几英里，车内一点声音都没有。这时他们到了第一个歇脚的地方，驿站为他们备好了咖啡和热乎乎的饼干，托盘上还放了几朵鲜花。她知道这是他昨天路过这里时安排好的。这些也是出于他的善意和同情吗？难道他昨天心情好好的，今天接我出狱后心情变糟了？也许，明天他会忘记不高兴的事，一切就变得好起来了。

悲伤与悔过让布丽塔温柔起来：她不想再给他增添任何烦恼。或许，毕竟，他真的……

　　他们在驿站留宿一夜，第二天清晨继续赶路。十点左右，他们已经能看到教区的教堂了。此刻，他们驾着马车在通往教堂的路上行驶，路上挤满了人，铃声不断地响起。

　　"这是怎么回事，今天是星期天啊！"布丽塔大声说道，本能地双手合十。她一心想着去教堂向上帝祷告，忘记了所有的事。她想去以前的教堂做礼拜，开始新的生活。

　　"我想去教堂做礼拜。"她对英格玛说道，丝毫没有考虑到他们出现在公众面前会将他置于困窘之中。她如此虔诚，充满了感恩之情。英格玛的第一反应是想说——她不能去；他觉得自己还没有勇气面对村民们好奇的眼光与闲言碎语。"迟早是要面对的，"他想，"推迟不会令事情变得更简单。"

　　他掉头朝教堂的方向赶车。

　　礼拜还没有开始，人们坐在草坪和石篱上，一看到英格玛和布丽塔，他们立即轻推彼此，小声议论，指指点点。英格玛瞥了一眼布丽塔，她坐在马车里双手合十，一点也没有感受到周遭对她的态度。显然，她目无旁人，但英格玛却看得清楚。有的人干脆追着马车跑，他对这些人的所作所为并不感到惊讶。他们一定以为自己看错了。当然，他们怎么能想到，自己会来到教堂，还带着她——这个掐死自己孩子的女人。"太沉重了！"他说，"我受不了了。"

　　"我想你应该马上进去，布丽塔。"他建议道。

　　"为什么？行啊。"她回答道。来这儿做礼拜是她目前唯一的念头，她不在乎遇到其他人。

英格玛独自一人卸马具喂马。许多双眼睛盯着他看，却没有人开口跟他说话。等他打点好一切走进教堂，人们已经在教堂长凳上坐好，吟唱开场的赞美诗了。英格玛走到过道中央，环顾女人们坐的区域。所有的长凳上都坐满了人，只有一张除外，上面只坐了一个人。他马上认出那是布丽塔，没人愿意跟她坐在一起，这是当然的。英格玛走过去，坐在她的身边。布丽塔抬头看到他，一脸惊讶。之前她并没有在意这张长椅上为什么没坐其他人，此刻才突然明白。一种从未有过的阴郁与绝望驱散了她的热忱。"这一切将如何结束？"她思索着。她不应该跟他回来。

她满眼含泪，在情绪崩溃之前，从面前的书架上拿起一本陈旧的祈祷书，打开它。她同时翻开《福音书》和《使徒书》，泪水模糊了眼前的字迹。忽然，一个明亮的东西吸引了她的目光，那是一个夹在书页间的心形书签。她抽出这张书签，偷偷递给英格玛。她见他合起那双大手，把书签夹在掌心，偷瞄了一下。但不一会儿，书签便躺在了地板上。"我们会变成什么样啊？"布丽塔想着，头埋在祈祷书后，抽泣起来。

牧师刚走下讲坛，他们就离开了。在布丽塔的帮助下，英格玛迅速套好马车。他们没有等到赐福祷告，抢在集会的人群走出教堂之前上路了。他们俩同时想道：一个犯下如此罪行的人，是无法生活在人群中的。他们都觉得刚刚在教堂做礼拜是一场苦修。"我们都无法承受。"他们想。

就在她饱受痛苦折磨之时，布丽塔瞥见了英格玛农庄，她差点没认出来——农庄被粉刷一新，明亮而红艳。她记得自己曾经听说，英格玛迎娶新娘的那一年，农场将粉刷一新。之前，婚礼被推迟，是因为英格玛觉得拿不出这笔费用。现在她相信了，他做事是认真而守信的，只是守信的方式于他而言过于艰难。

他们到达农场的时候，伙计们正在吃晚饭。"主人回来了！"其中一个人边朝外看边说道。玛莎嬷嬷从饭桌前起身，几乎没有抬眼。"你们都坐着，不许动！"她命令道，"谁也不许离开饭桌。"

老妇人迈着沉重的步子穿过房间。人们转身再看到她时，发现她穿上了最隆重的服饰：肩上披着真丝披肩，头上裹着丝绸手帕，似乎在强调她尊贵的地位。马车停到门前时，她已经等候在门口了。

英格玛立即跳下车，布丽塔却坐着不动。他走到她坐的一边，打开马车挡板。

"难道你不下车吗？"他说。

"不。"她回答，双手掩面，大哭起来。

"我不应该回到这儿。"她抽泣着说道。

"哦，快下车吧！"他催促道。

"让我回城吧，我配不上你。"

英格玛觉得也许她是对的，但他没说话。他帮她打开马车门，等她下来。

"她刚才说什么了？"站在门口的玛莎嬷嬷问道。

"她说她不配回到我们中间。"英格玛回答，布丽塔的哭声让人听不清她说了什么。

"她为什么哭呢？"老妇人问道。

"因为我是一个不可饶恕的罪人。"布丽塔说道，手捂着心脏的位置，感觉心就要碎了。

"她说什么？"老妇人又问了一遍。

"她说她是一个不可饶恕的罪人。"英格玛重复道。

当布丽塔听到他冷酷无情地转述她的话，一下子意识到真相。不，如果他还爱着她，或者心里对她还存有一点爱意的话，他不会站在那儿向他母亲转述这些话。

"她为什么不下车？"老妇人接着问道。

布丽塔强忍着啜泣，大声说道："因为我不想给英格玛带来不幸。"

"我认为她说得对，"年迈的女主人说道，"让她走吧，小英格玛！你应该清楚，否则离开的那个人就会是我——因为我决不会跟这样的人住在同一个屋檐下。"

"看在上帝的分上，让我离开吧！"布丽塔呻吟着。

英格玛破口大骂，调转马头，跳上马车。他厌恶极了，无法再忍受一丝一毫。

在公路上，他们不断地遇见从教堂里走出来的人，这惹恼了英格玛。他猛然掉转马头，将马车赶入一条狭窄的林中小路。

就在此时，有人叫住他，他转过身，看到邮递员给他送来一封信。他拿起信，塞进口袋，继续赶路。

当他确定不会再碰到任何路人的时候，他才放慢赶车的速度。于是，他拿出那封信。布丽塔立刻把手放在他的胳膊上。"不要现在读它！"她恳求。

"为什么不可以？"他问道。

"别管它，信里没什么要紧的事。"

"你怎么知道？"

"这是我写的信。"

"那你告诉我里面写了什么。"

"不，我现在不能说。"

他目不转睛地看着她。她的脸涨得通红，眼里充满了惊恐。"我一定要读这封信。"英格玛说，然后开始拆信封。

"上帝啊！"她叫道："难道就不能饶恕我一次吗？英格玛……"她央求着，"过两天再读信——等我去美国的时候。"

此时，他已经打开信，快速地浏览起来。她用手盖住信纸。"听我说，英格玛！"她说，"是牧师让我写这封信的，他答应在我上船之前不会把信寄出去。可他寄得太早了。你还没有权利读这封信，等我走了以后再读吧，英格玛。"

英格玛愤怒地看了她一眼，跳下马车，想找个安静的地方读信。此刻布丽塔紧张不安，如同回到了过去那段事不如愿的日子。

"我在信里说的并非真心话，是牧师说服了我，才写了这封信。我不爱你，英格玛。"

他抬起头来，惊讶地望着她。她默不作声，在监狱里学到的谦卑，现在于她大有裨益。毕竟，她现在遭受到的难堪，比起她应得的算不了什么。

此时，英格玛正站在那里苦苦思索着那封信。突然，他不耐烦地咆哮了一声，把它揉成一团。

"我看不懂！"他跺着脚说，"我的头脑一片混乱。"

他走到布丽塔跟前，抓住她的胳膊。

"信上说你喜欢我，这是真的吗？"他的语气非常粗暴，表情也很可怕。

布丽塔还是一言不发。

"信上说你喜欢我，是真的吗？"他粗暴地重复道。

"是的。"她淡淡地回答。

他的脸可怕地扭曲起来。他晃动她的手臂，又把它推开。"你怎么能撒谎！"他一边吼叫，一边愤怒地大笑，"你怎么能撒谎！"

"上帝知道，我日夜祈祷，只希望在走之前能再见到你！"她郑重其事地说。

"你要去哪里？"

"当然是美国。"

"你到底要怎么样！"

英格玛气得发狂。他踉踉跄跄地走进树林，跌倒在地。现在轮到他放声大哭了！

布丽塔跟着他，坐在他旁边。她高兴得想大叫一番。

"英格玛，小英格玛！"她唤着他的昵称。

"可你觉得我太丑了！"他回应道。

"我是那样想过。"

英格玛把她的手推开。

"现在，我要告诉你一件事。"布丽塔说。

"说吧。"

"还记得三年前，你在法庭上说的话吗？"

"记得。"

"如果我能改变对你的看法，你就会娶我，是这样说的吗？"

"是的，我是那么说的。"

"从那以后，我就喜欢上你了。我从来没想过会有人说出这样的话。更令人难以置信的是，这些话竟从你的嘴里说了出来——就在我对你做了这一切之后，你还能这么说！那天你在我眼里，比所有的人都好看，比任何人都聪明，我觉得与你共度一生将是我的福气。我深深地爱上了你，似乎你是属于我的，我是属于你的。起初，我想当然地认为你会接我回去，但后来我几乎不敢这样想。"

英格玛抬起头来。"那你为什么不写信告诉我呢？"他问道。

"我写过啊。"

"求我原谅你，除了原谅，你就不能写点别的？！"

"我能写些什么呢？"

"别的话！"

"我怎么敢——我？"

"我差点就没来。"

"但是，英格玛！我对你做了那样的事，你觉得我还能给你写情意绵绵的话吗？在监狱的最后一天，我写信给你，因为牧师说我必须这么做。我把信给他时，他答应等我走了再寄。"

英格玛拉起她的手，把它平放在地上，拍了一巴掌。

"我真想打你！"他说。

"你怎样对我都可以，英格玛。"

他抬头看着她的脸，经历过苦痛的洗礼，她的脸有一种别样的美。"我差点就让你走了！"他叹了口气。

"我想，你非来不可。"

"让我告诉你，我不喜欢你。"

"我不觉得奇怪。"

"当听到你要被送去美国时，我有种解脱感。"

"是的，父亲给我写信，说你很高兴。"

"每当我看到母亲，我总觉得无法开口，让她接纳像你这样的儿媳妇。"

"是的，这永远不可能，英格玛。"

"为了你我忍受了太多，因为我对待你的方式，没有人愿意理我。"

"现在你可以出口气了，"布丽塔说："你打我吧。"

"我说不出自己对你有多愤怒。"

她一动不动。

"当我想到我不得不忍受这最后的几个星期……"他继续说道。

"但英格玛……"

"哦，我并不生气那件事，可一想到我要让你离开这儿，我就感到暴躁！"

"难道你不爱我了，英格玛？"

"是的，不爱了。"

"在回家的路上，你也不爱我吗？"

"是的，一秒钟也不！我跟你结束了。"

"你什么时候变的？"

"当我收到你信的时候。"

"我看得出，你的爱已经结束了。这就是为什么我不想让你知道我的爱才刚刚开始。"

英格玛咯咯地笑了起来。

"你笑什么，英格玛？"

"我想起咱俩是怎么偷偷溜出教堂的，还有在英格玛农场咱俩受到的那种欢迎。"

"你笑得起来？"

"为什么不呢？我觉得我们得踏上一条不归路，像流浪汉一样。我很想知道父亲会怎么看待这件事？"

"笑归笑，英格玛，但我们不能那么做，这行不通！"

"我认为行得通。现在除了你，我什么都不在乎，谁也不在乎！"

布丽塔几乎要哭了，他却让她一遍又一遍地告诉他，她是多么想念他，多么渴望他。渐渐地，他变得像听着摇篮曲的孩子一样安静。这一切都与布丽塔的预想大相径庭。她曾想过，如果他来找她，她一定要跟他忏悔罪过。她很想告诉他或她的母亲，或者任何来接她的人，她是多么不值得同情。然而，这样的话，她连一个字也没有机会说出口。

过了一会儿，他轻轻地说：

"你有什么要告诉我吗？"

"是的。"

"是你一直想着的事？"

"日日夜夜！"

"它让人说不清道不明？"

"就是那样。"

"你说说吧，两个人承受，好过一个人扛着。"

他坐在那里看着她的双眼。那双眼睛像极了一只可怜的、要被猎杀的小鹿的眼睛。但当她说话时，眼里却流露出平和的光芒。

"你现在感觉好多了吧。"她讲完后，他说道。

"我觉得心头的重担好像卸下来了。"

"那是因为有两个人分担。现在，也许你不想走了。"

"我真的很想留下来！"她说。

"那么，我们回家吧。"英格玛起身。

"不，我害怕！"

"母亲并不那么可怕，"他笑了，"尤其当她面对有自己想法的人。"

"不，英格玛，不能因为我，让她离家出走。我别无选择，只能去美国。"

"我要告诉你一件事，"英格玛说，带着神秘的微笑，"你一点也不必害怕，会有人帮助我们的。"

"是谁？"

"我的父亲。他会让一切顺顺利利的。"

有人沿着森林小路走来。是凯萨。今天她没有挑那条熟悉的扁担和篮子，所以他们一开始差点没认出来。

"你好啊！"英格玛和布丽塔一同问候道。老太太上前和他们握了握手。

"嗯，原来你们在这儿。农场里所有的人都在找你们！你们离开教堂时，走得太急了，"老太太接着说，"我都没来得及跟你们打招呼，只好去农场看望布丽塔。到了那儿，我却看到主任牧师，还没等我说声'你好啊'，就听他在屋子里声嘶力竭地叫着玛莎嬷嬷。他不等跟老妇人握手，便高声说道：'玛莎嬷嬷，你现在该为英格玛感到自豪了！显然，他继承了这古老的血统，现在我们应该叫他大英格玛[1]了。'

"你知道玛莎嬷嬷向来话不多，她站在原地，不停地在披肩上打结。'你想跟我说什么？'她说道。'他把布丽塔带回家了，'主任牧师解释说，"相信我，玛莎嬷嬷，他的一生都会因此受到尊敬。''那还用说？'老夫人同意道。'当我看见他们坐在教堂里的时候，我差点没法继续布道了，而这次布道比我以往任何一次都要好。英格玛将是我们大家的荣耀，就像从前他父

1　继承父亲尊号。

亲那样。'‘主任牧师给我们带来了好消息。'玛莎嬷嬷说。'他不在家吗？'牧师问道。'是的，他不在家，他们可能去了博格斯考格。'"

"妈妈真的是那样说的吗？"英格玛哭着问道。

"当然，我们坐下来等候你们之时，她派出了一个又一个信使去寻找你们。"

凯萨讲个不停，但英格玛已经一个字也听不进去了。他的思绪早就飘到远方。"我走进客厅，父亲与家族的长辈们坐在一起。'你好啊，大英格玛·英格玛森。'父亲说道，起身向我走来。'您好，父亲！'我说，'谢谢您的帮助！'‘现在，你可以安心结婚了，'父亲说，'其他的事情都会好起来的。'‘可要不是得到您的支持，结果不会这么好。'‘这没什么，'父亲说，'我们英格玛家的人只须按上帝的旨意行事就好。'"

第二篇

在老师家

十九世纪八十年代早期，在老英格玛森家族居住的教区，没有人想过接受任何一种新的信仰或参加任何一种新的神圣仪式。但人们知道新的宗派在达勒卡里亚的其他教区层出不穷。那里的人们开始按照浸礼会的新仪式，将身体浸在河水或湖水里接受洗礼。大家对此只是一笑了之，说："这种玩意儿也许适合住在阿普尔博和冈格尼夫的人，但永远不会发生在我们的教区。"

老英格玛森家族居住的教区还保持着原来的风俗，其中之一，就是人人都要在星期日去教堂做礼拜，即使在冬天最酷寒的天气里也不例外。时间一长，这甚至成了一种必须。外面零下二十摄氏度，教堂里却挤满了人。要不是人多，坐在那个没有供暖的教堂里简直超过人类忍受的极限。

这么多的教徒冒着严寒聚到一处，并不是因为某个牧师说文解经的魅力或才能。在那些日子里，人们去教堂是为了赞美上帝，而不是为了聆听精彩的布道。走在开阔的乡间土路上，有的人一边抵风而行一边想："我们的主一定知道，你在这么冷的早上还去做礼拜。"这才是最重要的。即使牧师到达后，每个礼拜日都说同样的话，也不被当作是什么过错。

事实上，多数人似乎对现状很满意。他们认为牧师念给他们听的就是上帝的话，因此便觉得非常美妙。只有那位老师和一两个比较聪明的农民偶尔会说："牧师似乎只会这一种布道。除了谈及上帝的智慧和治理之道，他什么也不知道。但是，只要我们与那些异议人士保持距离，就可以相安无事。不过，这座堡垒显然已经无力防守，一击即破。"

经常有业余的传道士从这个教区经过。"去那儿做礼拜能有什么收获？"他们常常说，"那些人不想被唤醒。"无论是业余的传道士，还是邻近教区里所有"觉醒的灵魂"，都把英格玛森家族和他们的教友视为大罪人。每当听到教堂钟声响起，他们就会说丧钟又在鸣叫了。"在你们的罪过里沉睡吧，沉睡吧！"

教区所有的会众，无论老少，得知有人这样诋毁他们时都怒气冲天。只有他们知道自己有多么的勤勉，每当教堂钟声响起，他们的家人从来不会忘记背诵主祷文，而且只要晚间的祈祷钟声一响，男人们就会行脱帽礼，女人们则行屈膝礼，然后每个人都肃然而立，直到说出"我们在天上的父"。住在教区的所有人都必须承认，上帝在夏季的夜晚最能彰显他的伟力与荣光。那时，只要教堂的钟声响起，人们便放下镰刀，把犁车停在垄沟，就连装载种子的马车也停在一旁。他们仿佛知道上帝此刻正盘旋在教区上空，在一朵晚霞上用他的威力向整个教区播撒祝福。

没有一个大学生在这个教区执教过。唯一的老师只是一个普通的老派农民，自学成才。他颇有能力，一个人能管教上百个孩子。三十多年来，他一直是这里唯一的老师，大家都很敬重他。这位老师似乎觉得自己有责任担负起全体教友的精神福祉，而眼下教区请来的牧师并非真正的神职人员，他为此颇感担忧。如果只是引入一种新的洗礼方式，或者仅仅是换个洗礼地点，他都能坦然接受。然而，当他得知圣餐分受也发生变化——人们要开始私下分受圣餐时，他再也不能坐视不理了。尽管他没什么钱，他还是设法说服教众中的几个首领集资建造了一处宣教屋。"你们知道我，"他对他们说，"我只想通过布道增强人们的传统信仰。如果那些业余的传教士到我们这里来，在洗礼与圣餐分受上都用新方法，而且还不告诉大家如何分辨教义的真假，结果会怎么样呢？"

同大家一样，牧师也十分爱戴这位老师。人们常常看见他们俩在校舍和牧师住宅之间的小路上散步，来来回回，来来回回，仿佛他们俩有说不完的话。牧师常在晚上到老师家做客，在温暖的厨房里，坐在壁炉边，同老师的妻子斯蒂娜聊天。有的时候，他每晚都来，因为他自己的家里很凄凉，妻子总是病恹恹的，家里也总是乱糟糟的。

一个冬天的晚上，老师和妻子坐在厨房的火炉旁低声交谈。房间角落里，一个十二岁的小女孩在独自玩耍。这是他们的女儿格特鲁德，一个很漂亮的小姑娘。她有着淡黄色的头发和红润的脸颊，而且不像老师教过的其他孩子那样喜欢摆出一副老成的样子。

那个小角落是她的游乐场。她积攒了各种各样的小玩意儿：彩色玻璃、破损的茶杯和茶托、从河床上捡来的鹅卵石、正方形的小木块……以及种种诸如此类的东西。

整个晚上，她一直在安静地玩耍，父母都没有过来打扰她。虽然很忙，但她不愿意此时有人过来提醒她做功课或者干家务。她也想不出那天晚上还要给父亲做什么额外的活儿。

　　这个躲在角落里的小女孩正忙着一件大事——她要建一个教区！一个完整的街区，既有教堂也有校舍，还要有河流和一座桥。一切都必须是完整的。

　　她已经建了一大部分了。教区周围的山丘由大小不一的石块组成。在石块的裂缝里，还插上了小巧的云杉树枝，两块锯齿状的石头被她放在达尔河两岸，假装克莱克山脉和奥拉夫山峰。群山之间的山谷里，摆放着她从母亲的花盆里取来的模具。到目前为止，一切都还好，只是她没能让山谷间盛开花朵。但她安慰自己，假装这是早春，还未到植物发芽的季节。

　　那条流经山谷的宽阔而美丽的达尔河，是用一块细长的玻璃做成的。连接两岸教区的浮桥，漂浮在水面上。在远处，农场和居民住宅由红砖块做成。在最北边的田野和草地上，坐落着英格玛农场。东边山脚下是科拉森村。最南端则是涌下山谷的激流和瀑布，山顶上坐落着柏格萨纳铸造厂。

　　整体场景已经布置妥当，沿河铺设了多条乡村道路，是那种沙子和砾石土路。在平原和附近的庄园里还有小树林，这一块那一块的。小女孩只要看一眼面前这些玻璃片、石头块、泥土和树枝，整个教区就了然于心。她觉得这一切都那么美好。

　　她几次抬起头的时候都想呼唤妈妈，让她看看自己做了什么，但最后都改变了主意。她总觉得不引人注意是比较明智的，因为最困难的工作还没有完成，那就是在河的两岸建造一座城。她要不停地移动石块和玻璃碎片。警长的房子想把商人的店铺挤出去；医生的房子要把法官的房子挤到角落里。还有教堂和牧师的住宅、药店和邮局、农庄、农庄外的谷仓和外屋、客栈、猎人的小屋、电报局……要把这些都记住可不是件容易的事！

最后，整个小镇的白房子和红房子都镶嵌在一片绿色之中。现在只剩下一件事了：她要动手修建校舍，为了实现这个目标，她努力先把其他的事都办好。她打算把学校建在河边，而且已经留出足够的地方。学校要有一个大院子，在草坪的中间还要插一根旗杆。

她要把最好的街区留下来建校舍，现在她正琢磨着怎么做。她要建一个像现在这个学校一样的校舍，楼上楼下都有一间大教室，还要有厨房和一个大房间，她和爸爸妈妈能住在里面。建好这一切可得花点时间呢。"他们可不会让我一直这么玩下去。"她自言自语道。

这时，门外传来一阵脚步声，然后有人在门口跺脚，抖掉鞋上的雪。不一会儿，她又开始工作。"一定是牧师来找爸妈聊天了。"她想。这下她可以一个晚上不受打扰了。她重新鼓起勇气，开始建学校，面积有半个教区那么大。

她的母亲也听到了过道里的脚步声，急忙站起身来，把一张旧的扶手椅拉到壁炉前。然后，她转身对丈夫说："你今天晚上就要把这件事告诉他吗？"

"是的，"老师回答，"我会找机会说的。"

此时，牧师已经进门。他在外面冻个半死，能坐在这么温暖的屋里烤着火让他感到很愉快。他还是像往常那样健谈，每次傍晚造访，总是谈天说地聊得很起劲。这时你很难找出比他更讨人喜欢的人，他不管谈论什么都那么有把握，似乎对一切都了如指掌，简直使人难以相信他和讲坛上那个迟钝的牧师是同一个人。但是一跟他说起信仰方面的话题，他就会变得面红耳赤，极力搜罗字眼，除了那句"上帝统治英明"外，就说不出什么令人信服的话了。

牧师坐好以后，老师突然转过身来，高兴地对他说："我必须告诉你一个消息：我要建造一间宣教屋。"

牧师脸色苍白，瘫倒在椅子上。

"你在说什么，斯托姆？"他气喘吁吁地说，"他们真的想在这里建一间宣教屋？那我和教堂该怎么办？不需要我们了吗？"

"教堂和牧师同样需要。"老师自信地回答道，"我的目的是让宣教屋促进教会福祉。全国各地突然冒出那么多的宗派，我们的教会岌岌可危，需要帮助。"

"斯托姆，我以为你是我的朋友。"牧师悲伤地说。就在几分钟前，他还兴高采烈、信心十足地走进门，现在却变得垂头丧气，一副筋疲力尽的模样。

老师很理解牧师的苦衷。与其他人一样，他知道牧师曾经是个天才，但在学生时代挥霍无度，结果得了中风。从那以后，他就变了。有时他似乎忘记了自己衰败的身体，可每当想到这一点，他就会感到一种深深的沮丧。现在他瘫痪一般坐在那里，过了好长时间，才有人敢说话。

"你别那么想，帕森。"老师最后说道，尽量放低声音，听起来柔和一些。

"别说了，斯托姆！我知道我不是一个伟大的传道士。不过，我还是不敢相信你会夺走我的生计。"

斯托姆并不认同这样的说法，他很想否认，想说自己根本没有想过这种事，但是他没有勇气说出来。

老师已经六十了，尽管身上的担子不轻，却仍是一副强者派头。这与牧师形成了鲜明的对比。作为一个典型的达勒卡里亚的壮汉，斯托姆有着黑色浓密的头发、古铜色的皮肤，五官硬朗，轮廓分明。站在胸脯窄小略微秃顶的牧师旁边，他更显得魄力十足。

老师的妻子认为，作为强者的丈夫应该有所让步。她示意他缓缓再说。显然，不管斯托姆感到多么遗憾，他丝毫没打算偃旗息鼓。

于是，老师不再绕圈子，开始直奔主题。他说他确信异端用不了多久就会入侵他们的教区，因此他们必须有一个聚会的地方，在那里人们可以随意地交谈，不像在正规的教堂里做礼拜那样。在那里人们可以选择自己喜欢的经文段落，甚至自己阐释整本《圣经》，并向他人解释其中最艰涩的段落。

妻子又示意他不要再讲下去，她知道丈夫说这些话时牧师在想什么。"所以，我没有教给他们任何东西，也无法保护他们不受异端的侵扰？就连教区内的老师都认为他比我更适合做牧师，我一定是糟糕的牧师。"

然而，老师并没有停下来，他继续谈论着必须采取一切措施来保护羊群免受狼群的伤害。

"我没有看到狼。"牧师说。

"但我知道他们正在路上。"

"而你，斯托姆，正在为他们打开大门。"牧师起身宣布道。老师的话激怒了他，他脸涨得通红，试图重拾往日的尊严。

"亲爱的斯托姆，咱们别再谈下去了。"他说道。

然后，他转向那位家庭主妇。最近她把一位新娘打扮得漂漂亮亮的，他就此说了几句溢美之词。教区里所有的新娘，都是斯蒂娜嬷嬷帮着打扮的。

尽管她只是一个农妇，但也明白让牧师想到自己无能是件多么残酷的事。她流下同情的泪水，一时间无法跟他交谈。所以大部分时候，都是牧师自己在说。

与此同时，他一直在想："哦，如果我有年轻时候的才能，一定会立马说服这个农民，让他意识到自己的错误。"想到这里，他又转向老师，问道："斯托姆，你从哪里弄来的钱？"

"已经有几个人加入进来了。"老师提到了几个名字，这些人发誓支持他。他只是想让牧师知道，他们既不会侵扰教堂活动，也不会伤害牧师本人。

"英格玛·英格玛森也加入了？"牧师惊呼起来，好像遭到了致命的一击，"斯托姆，我相信英格玛·英格玛森，就像相信你一样。"

此刻，他没有再说什么，而是转向斯蒂娜嬷嬷，跟她说话。他一定看到她在哭泣，却装作没有注意到。过了一会儿，他又对老师说道。

"别那么做，斯托姆！"他央求道，"就当为了我。如果有人在你附近开一所学校，你一定不会高兴的。"

老师坐在那儿凝视着地板，沉思了一会儿。然后几乎不情愿地说道："我不能，帕森。"

整整十分钟，一片死寂。于是，牧师穿上他的大衣，戴上帽子走向门口。

整个晚上，他都在想办法向斯托姆证明，他这样做不仅侵犯了牧师的职责，而且破坏了教区的秩序。他脑子里尽是这样的想法和语词，但他既不能把它们理顺，也无法把它们表达出来，因为他整个人都垮掉了。他朝门口走去，看见格特鲁德正坐在角落里玩积木和玻璃碎片。他停下来看着她，显然她对他们的谈话充耳未闻。她的眼睛里闪烁着喜悦的光芒，双颊像初绽的玫瑰。

牧师看到这孩子如此天真快乐，而自己的心情却如此沉重，不禁吃了一惊。

"你在做什么？"他走到她跟前，问道。

小女孩早就完成了建造教区的工作。事实上，她已经把它拆了，开始了新的工程。

"你要再早来一会儿就好了！"女孩说道，"我刚刚建造了一座美丽的教区，既有教堂，也有学校……"

"它们在哪儿？"

"哦，我已经把它们拆掉了，现在我正在建造耶路撒冷，和……"

"你说什么？"牧师打断她，"你拆掉教区是为了建造耶路撒冷吗？"

"是的，"格特鲁德答道，"我刚刚建了一座漂亮的教区！但是，我们昨天在学校学到了耶路撒冷。所以我拆了教区，打算建一座耶路撒冷。"

牧师站在那儿打量这个孩子。他用手摸摸自己的前额，想了一会儿，然后说道："这一定是某个伟大的人物借你的口说出这些话。"

那孩子的话在他看来非常具有预言性，他不断对自己重复着，一遍又一遍。渐渐地，他的思绪又回到老地方。他开始思考何为神谕，以及如何实现上帝的旨意。

过了一会儿，他走到老师跟前，眼睛里闪着新的光芒。他用往常那种愉快的声调说道：

"斯托姆，我不再生你的气了。你只是在做你必须做的事。我一生都在冥思苦想上帝的旨意，但似乎一直没弄明白。当然，我现在也不清楚，但我知道你在履行你的天命。"

"他们看到天堂之门开启"

宣教屋在那年春天建好了。随着冰雪融化，达尔河的水位涨到了惊人的高度。春天的水量可真是不小啊！雨水从天而降，溪水从山岗奔流而下，涌到地面。水，沿着每条车辙和每条犁沟流淌，最终汇入河中。河水越涨越高，气势越来越大，滚滚向前。它不像往常那样闪烁着平静安详的光芒，因为不断有泥垢涌入，河水变成了肮脏的褐色。裹挟木块和冰块，汹涌的溪水看上去异常怪异，令人生畏。

起初，大人们没有特别提防春天的洪水，只有孩子们跑到岸边去看汹涌的河水和它所裹挟的一切。

但是，滚滚而来的河水不仅把木头和浮冰冲刷过来，也冲毁了洗衣码头和洗浴屋，接着是船只和一些桥梁的残骸。

"它很快就会把我们的桥冲垮的！"孩子们惊叫道。他们既恐惧又兴奋，等待着不同寻常的事情发生。

突然，一棵带着树根和树枝的巨大松树被冲了过来。后面还有一棵枝干发白的杨树，因为长时间浸在水里，它那伸展的枝条上布满了胀大的叶芽。紧随其后的是一个栽倒的小干草棚，里面装满了干草和麦秆。干草棚屋顶浮在水面上，好像船浮在龙骨上一样。

当这些物件漂过去的时候，大人们也警觉起来。他们发现河水冲破了北岸，便带着长杆和船钩跑到岸边，把浮在水面的物件和家具尽可能地捞上岸。

教区北端，宅院四散，人丁稀少。英格玛·英格玛森此刻正一个人站在岸上凝视着河水。他已经年过六旬，但看起来更加老迈。满脸皱纹，身形佝偻，模样还是那般窘迫而无助。他倚着身旁又长又重的撑篙，双眼呆滞地盯着水面。河水咆哮而过，傲慢地掳走一切能从岸边掳走的东西，好像在嘲笑岸上行动迟缓的老者："哦，你不可能从我这里夺回任何一样东西！"

英格玛·英格玛森可没想去打捞那些漂到岸边的断桥或船壳。"那些东西迟早会漂到下游。"但他的双眼还是聚焦在水面上，关注每一样漂过来、冲下去的东西。突然，他看见上游漂来几个亮黄色的东西，浮在钉得很松的木板上。"呵，这才是我等的东西！"其实他刚开始并没有看清那些黄色的东西究竟是什么，但只要知道达勒卡里亚小孩子的日常装扮就不难猜到。"那一定是在堤岸上玩耍的小孩子，"他说，"他们不懂得在河水冲过来之前尽快撤离。"

很快，这个农夫就印证了自己的猜测是正确的。现在，他可以清楚看到三个孩子，他们穿着黄色的土布罩衫，戴着黄色的圆帽子，乘着简陋的木筏顺着激流而下。木筏被急流和冰块冲击着，逐渐分裂。

孩子们还漂在远处。这条河的转弯处正好接着大英格玛的田地。他想，如果上帝仁慈，把木筏和孩子们一起带向他，他也许能把他们弄上岸来。

他一动不动地站着，望着木筏。突然，好像有人推了一下木筏。木筏打着转，直奔岸边。此刻，孩子们离他很近，他能看清他们受惊的小脸，听到他们的哭声了。但这个距离还是超过了船钩的长度，他没办法把他们拉上岸。于是他急忙跑到水边，打算涉水过河。

这时，他有一种奇怪的感觉，好像有人在叫他回来。"你不再年轻了，英格玛，这对你来说可能是件危险的事！"一个声音对他说。

他迟疑片刻，考虑自己是否可以冒死施救。他想到了自己的妻子，妻子被他从监狱里带回来后，在今年冬天死去了。自从她走后，他唯一的愿望就是有朝一日与她重逢。然而，他的儿子还需要父亲的照顾，儿子还是一个小男孩，无法独立照看农场。

"不管怎么样，这都是上帝的旨意。"他说。

此刻，大英格玛行动敏捷，身手麻利。他跳入湍急的河水，把船钩插到河底，以免被水流冲走。他小心翼翼地躲避冲过来的浮冰和浮木。当载着孩子的木筏靠近时，他站稳双脚，踩实河床，然后探伸出船钩，钩住木筏。

"抓紧了！"他朝孩子们喊道。这时木筏突然一个急转，木条发出咔嚓咔嚓的撕裂声。幸好这个破烂的木筏没有就此裂开。大英格玛设法把它从激流中拉了出来，然后才肯放手。接下来就好办了，他知道木筏会自己漂向岸边。

他用船钩抵着河底，自己转身准备上岸。但他没有注意到，一块巨大的木桩正朝他冲过来，正撞在他的腋下。这一击可不轻，撞得老汉在水中打了个趔趄。好在他抓住了船钩，慢慢爬上岸来。他站在岸边，不敢触碰被撞的部位，他觉得自己的胸好像裂开了。突然，他口中溢满鲜血。"你完了，英格玛！"他闪过一个念头。他一步也走不动了，倒了下去。获救的小孩子们发出警报，很快有人跑到岸边，把大英格玛抬回了家。

牧师被请了过来，整个下午都守在英格玛农庄。回家的路上，牧师特意到老师家坐坐。他需要找一个明白人，把这一天经历过的事情倾诉一下。

斯托姆和斯蒂娜嬷嬷已经得知英格玛·英格玛森离世的消息，都十分难过。然而，牧师在走进老师家的厨房时却神采奕奕。

斯托姆马上向牧师询问，问他去得是否及时。

"是的，"他说道，"但是这次不需要我了。"

"不需要了吗？"斯蒂娜嬷嬷问道。

"是的。"牧师回答，脸上露出神秘的笑容。

"就算没有我，他也能走好。有时候，陪在将死之人的身边，是件让人很难受的事情。"他补充道。

"确实如此。"老师点头道。

"尤其是死去的这个人是教区最受敬仰的人。"

"是这样的。"

"但事情也许与人们的想象大相径庭。"

良久，牧师安静地坐在那儿盯着一处发呆。他的双眼虽然被眼镜遮挡了，但看起来比平时更加清澈明亮。

"斯托姆，斯蒂娜嬷嬷，你们听说过大英格玛年轻时候，经历过的一件神奇的事吗？"

老师坦言，自己听过很多关于大英格玛的奇闻逸事。

"是吗，但这件最神奇不过，这辈子我第一次听过这样的事。大英格玛有一个好朋友，一直住在他名下的一间小木屋里。"牧师接着说道。

"是的，我知道，"老师说道，"他也叫英格玛。为了区分，村民们都叫他大力英格玛。"

"是的，"牧师说道，"他的父亲给他取名英格玛是为了表达对主人家的敬意。盛夏，一个周六的傍晚，夕照格外的耀眼，大英格玛和他的朋友大力英格玛干完手上的活，换上周末的衣服，准备到村子里放松一下。"牧师停顿一会儿，想了想。"我想那一定是个美丽的夜晚，"他继续说道，"晴空万里——仿佛大地与天空交换了光辉，天空变成了明亮的绿色，大地被一层白色的薄雾笼罩，万物染上了或白或蓝的色调。当大英格玛和大力英格玛准备要过桥进村的时候，好像有人让他们停下来抬头向上看。他俩照做了。于是，他们看到天堂之门开启！苍穹一分为二，如同幕布般左右分开，他们俩站在原地手拉手，仰望天堂的荣光。斯蒂娜，老师，你们以前听过这样的事情吗？"牧师问道，声音里充满了敬畏。"想想他们两个人站在桥上，仰望天堂之门！但他们从未把自己的所见泄露出去。只是偶尔会告诉自己的孩子或者亲人，他们看过天光开启，但从未告诉过外人。然而，这神奇的景象一直如至圣珍品，珍藏在他们的记忆深处。"

牧师合上双目，深深叹了口气。"我从未听过这样的事情。"他接着说道，声音有些颤抖。"我真希望那时候自己能跟大英格玛和大力英格玛站在桥上，仰望天堂之门！

　　"今早，当大英格玛被抬回家，他就提出要见大力英格玛。信使马上被派去农场找人，但是大力英格玛不在那里。他可能在森林里劈柴，这可不那么容易找到。信使一个接一个地跑出去找人，大英格玛非常担心自己这辈子再也看不到他的老朋友。医生先赶到，然后我也去了，但大力英格玛还是没有找到。大英格玛并没有注意到我们，他的病情恶化得很快。'牧师，我快不行了，'他对我说，'我希望在走之前，能再看一眼大力英格玛。'他躺在客厅外小屋里的大床上，睁大双眼，似乎在看远处别人看不到的什么东西。他救上来的三个小孩子挤在床脚。他的目光从远处移回后，落在了孩子们的身上，于是脸上绽出了笑容。

　　"终于，他们找到了那个农夫。当大力英格玛沉重的脚步声从走廊传来时，大英格玛把眼神从孩子身上移开，松了一口气。他的朋友伏在床边，大英格玛抓着他的手，轻轻拍了拍，说：'你还记得我俩当年站在桥上，仰望天堂之门开启的情景吗？''我怎么会忘记那个夜晚，我们望见了天堂！'大力英格玛回答道。于是，大英格玛转向他，脸上笑容绽放，似乎要宣布一件最为光荣的消息。'我现在要去那里了。'他说。农夫弯下腰，俩人四目相对。'我随后就到。'他说。大英格玛点点头。'但你知道，在你的儿子朝圣回来之前，我不能离开。''是的，我知道。'大英格玛低声说。他深吸几口气，不等我们回过神，他就走了。"

　　老师和他的妻子，还有牧师都认为大英格玛死得很安详。他们三个人静默了好长时间。

"但大力英格玛，"斯蒂娜嬷嬷突然问道，"提到的朝圣之行是什么意思呢？"

牧师抬起头，一副困惑的表情。"我不知道，"他回答，"那些话刚说完，大英格玛就死了，我没来得及细想。"他陷入思考，然后自言自语地回答说："你说得对，斯蒂娜嬷嬷，这话确实有点奇怪。"

"你知道吗？有人说大力英格玛能预见未来。"她若有所思地说道。

牧师坐在那里，用手抚摸着前额，努力理出头绪。"天意是不能用理性揣度的，"他沉思道，"我还无法参透它们，但努力了解它们是这个世界上最令人满足的事情。"

卡琳——英格玛的女儿

秋季来临，学校又迎来了新学期。一天早上，孩子们正在课间休息，老师和格特鲁德来到厨房餐桌边，斯蒂娜嬷嬷给他们准备了咖啡。不等他们喝完，家里便来了一位客人。

来访者是一个年轻的农民，名叫哈尔沃·哈尔沃森，不久前在村里开了一间小商店。他来自蒂姆斯农场，熟悉他的人都叫他蒂姆斯·哈尔沃。他是个身材高大、长相英俊的小伙子，但是看起来有点沮丧。斯蒂娜嬷嬷邀请他喝咖啡，于是他坐到餐桌前，给自己倒了一杯，跟老师聊起了天。

斯蒂娜嬷嬷靠窗坐着编织手工。她从那个位置可以看到屋外路面的情况。忽然她脸红了，探出身想看个清楚。她故作镇静，假装心不在焉地说："今天大伙儿好像都出来散步了。"

蒂姆斯·哈尔沃从她的声音中捕捉到了一丝不安，于是起身朝外看。他看到一个身材高大、腰驼背弓的女人和一个半大男孩正朝学校走来。

"难道是我看错了？那是卡琳，英格玛的女儿！"斯蒂娜嬷嬷说道。

"没错，那是卡琳。"蒂姆斯·哈尔沃肯定地说。然后他不再多言，从窗口转身扫视整个房间，好像在寻找逃离的出口。但过了一会儿，他还是安静地回到了座位上。

去年夏天，也就是大英格玛还活着的时候，哈尔沃曾追求过卡琳·英格玛森。这漫长的求爱之旅，在女方这边可谓波折不断。老一辈的英格玛族人有些犹豫，他们觉得哈尔沃有点配不上卡琳。问题不在于钱多钱少，哈尔沃也算来自小康之家，问题是哈尔沃的父亲是个酒鬼，而且他们说这个毛病会遗传给他的儿子。尽管如此，最后族人还是决定将卡琳嫁给哈尔沃。他们定好了婚期，还找人拟好了结婚公告。就在婚讯发布的前一天，卡琳和哈尔沃一起去法伦镇买婚戒和祈祷书。他们去了三天，回来之后，卡琳便告诉父亲她不想嫁给哈尔沃了。不为别的，只因为有一次哈尔沃喝多了，她担心他日后会变成他父亲那样。大英格玛说自己不会干涉女儿的决定。最终，这家人拒绝了哈尔沃，取消了婚礼。

对此，哈尔沃一直无法释怀。"你对我的侮辱，让我无法承受，"他说道，"如果你这样抛弃我，别人会怎么看我？这样对待一个正直的男士是不公平的。"

然而，卡琳不为所动。从那时起，哈尔沃变得郁郁寡欢。他无法忘记英格玛森家族对他的不公。此时，这边是端坐在一旁的哈尔沃，那边是即将到来的卡琳！接下来会发生什么？一场和解是绝无可能的。去年秋天，卡琳已经嫁给了一个叫埃洛夫·厄斯桑的男人。她和她的丈夫住在英格玛农场。今年春天，大英格玛死后，农场就由他们经营。大英格玛留下五个女儿、一个儿子，但是儿子年幼，不能接管产业。

这时，卡琳已经进门。虽说她只有二十二岁，但她是那种面相显老的女人。眼皮厚重，发质粗糙，唇线硬朗，多数人认为她的相貌随父亲。而老师和他的妻子对此很高兴，因为她长得像英格玛家的人。卡琳看到了哈尔沃，不动声色。她缓慢而轻盈地在屋里走了一圈，跟每个人打了招呼。当她把手伸向哈尔沃时，哈尔沃也伸出手来，但两个人点到即止，几乎连指尖都没碰上。卡琳本来就总弯着腰，当她站在哈尔沃面前时特意低下头，看起来就比平时更加驼背了，而这却让哈尔沃显得更加高大挺拔。

"卡琳今天出来散步吗?"斯蒂娜嬷嬷问道，把牧师常坐的那把椅子拉出来给她。

"是的，"她回答，"起霜了，路比较好走。"

"夜里霜降得厉害。"老师插了一句话。

随即一片安静，这样持续了几分钟。此刻，哈尔沃起身，其他人这才有所反应，好像一下子从酣睡中惊醒。

"我得回店里了。"哈尔沃说道。

"怎么这么急?"斯蒂娜嬷嬷问道。

"我希望哈尔沃不是因为我才要离开的。"卡琳腼腆地说道。

哈尔沃一离开，紧张的气氛马上得到缓解，老师立刻有话说了。他看着卡琳带来的小男孩，之前谁都没有留意到他。这个小家伙比格特鲁德大不了多少。他长了一张白皙柔嫩的娃娃脸，但有些地方让他看起来比真实年龄成熟一些。人们一眼就能看出他是谁家的孩子。

"我想卡琳给我们带来了一个新学生。"斯托姆说道。

"这是我弟弟，"卡琳回答道，"现在他就是英格玛·英格玛森。"

"他现在继承这个名字还有点小啊。"斯托姆说道。

"是啊，父亲走得太早！"

"的确如此。"老师和他的妻子异口同声地说道。

"之前他一直在法伦上学，"卡琳解释道，"所以没来过这里。"

"今年你不打算让他回去上学了吗？"

卡琳垂下眼睛叹了口气。"他是一个好学生。"她说道，有意避开了对方的问题。

"我只是担心没什么可教给他的。他知道的肯定不比我少。"

"我想老师一定比他这样的小家伙博学得多，"卡琳顿了顿，接着说道，"不仅是他入学的问题，我还想问一下您和斯蒂娜嬷嬷能不能让他在这儿住一段时间。"

老师和妻子面面相觑，都不知道怎么回答才好。

"我担心这儿的宿舍太挤了。"斯托姆说道。

"我想你们也许不介意用牛奶、黄油和鸡蛋抵部分学费吧。"

"至于这个……"

"如果可以，你们就帮了我大忙。"这个富有的农妇说道。

斯蒂娜嬷嬷觉得卡琳一定有什么苦衷，才会提出这种不同寻常的要求。于是她当即答应下来。

"卡琳，你无须多说。我们会倾其所能帮助英格玛森家族的。"

"谢谢您。"卡琳说道。

两个女人又聊了一阵子，商量怎样安排才能让英格玛得到最好的照顾。同时，斯托姆把男孩带进教室，让他坐在临近格特鲁德的位置上。一整天，英格玛一句话也没有说。

　　接下来的一个多星期，蒂姆斯·哈尔沃都没有再去学校附近，他似乎很怕在那里再次遇到卡琳。一天上午，大雨如注，他觉得不会有顾客来店里了，便决定去学校找斯蒂娜嬷嬷谈心。他渴望有一个善良且充满同情心的人倾听他的心事。可怕的阴郁感把他折磨得太久了。"我一无是处，没有人尊重我。"他嘟囔着。自从遭到卡琳的抛弃之后，他总是这样贬低自己似乎已经成为一种习惯。

　　关上店门，穿好雨衣，他冒着风雨、踏着泥路朝学校走去。哈尔沃很开心又能感受到学校温馨的氛围。正好下课铃声响起，斯托姆和两个孩子下来喝咖啡。仨人上前跟哈尔沃打招呼。哈尔沃起身跟老师握手，小英格玛也伸出手来，然而哈尔沃正同斯蒂娜嬷嬷聊得起劲，似乎没有注意到这个男孩的存在。英格玛在远处站了一会儿，然后回到餐桌旁坐下。他连连叹息，就像卡琳那天一样。

　　"哈尔沃来让我们看看他的新表。"斯蒂娜嬷嬷说道。

　　于是，哈尔沃从口袋里摸出一块崭新的银色怀表给大家看。这块表很小巧，表壳上雕刻着花形图案。老师打开表壳，从教室取出一个放大镜，调准焦距，仔细地看起来。小巧的表轮被校正得十分精细——他一边研究，一边惊叹不已，感叹自己从未见过如此精致的工艺。最后，他把表还给哈尔沃。哈尔沃把它放进口袋，既没有表现出高兴，也没有丝毫骄傲的神情，这可不像别的村民看到自己买的东西得到赞赏时的反应。

　　用餐时，英格玛一直没有作声。喝完咖啡，男孩问斯托姆他是否真的懂表。

　　"为什么这么问，当然啦，"老师回答道，"我什么都懂一点，你不知道吗？"

　　英格玛从马甲兜里掏出一块表。这也是一块银色的怀表，看起来像又大又圆的芜菁，跟哈尔沃的表比起来，显得又丑又笨，就连表链也设计得很粗陋。表壳上没什么花式，还有凹痕。这块表太不像样了：没有水晶面，表盖上的珐琅也开裂了。

　　"表已经停了。"斯托姆说，并把表贴在耳朵上。

　　"是的，我……知……道，"男孩结结巴巴地说道，"我只是想知道您觉得它还能修好吗？"

　　斯托姆打开表后盖，发现里面的齿轮都松了。"你这是拿这块表钉钉子了？"他说，"我是无能为力了。"

　　"你觉得钟表匠艾瑞克能修吗？"

　　"不能，他没比我强多少。你最好把表送到法伦去修，还得换些新零件。"

　　"我也这么想。"英格玛说道，拿起表。

　　"上帝啊，你到底是怎么把表弄成这个样子的？"老师惊呼。

　　男孩使劲咽了下口水。"这是我父亲的表，"他解释道，"父亲被冲来的木桩击中后，表就坏成这样了。"

　　此时大家重新提起兴趣。

　　英格玛尽力控制好情绪，接着说道："你们知道，事情发生在圣周[1]期间，我正好在家。父亲躺倒在岸边后，我是第一个赶到他身边的人。我发现这块表就在他的手里。'英格玛，我要不行了，'父亲说，'很遗憾这块表坏了，我要你把它连同我的问候，送给我曾经错怪过的人。'然后，他告诉我谁将是这块表的主人，并嘱咐我把表送去法伦修理，修好以后再拿出来。但我没有办法去法伦了，现在不知道该怎么办。"

老师在想是否最近有人要去法伦，这时斯蒂娜嬷嬷转向男孩：

"那么，谁将是这块表的主人呢？"她问道。

"我在想现在该不该说。"男孩犹豫道。

"难道是坐在这儿的蒂姆斯·哈尔沃吗？"

"是的。"他小声说道。

"那么，就把这块表原样交给哈尔沃吧，"斯蒂娜嬷嬷说道，"这样他就最高兴了。"

英格玛顺从地站起来，取出表，用袖子擦了擦，让它看起来亮一点，然后交给哈尔沃。

"父亲让我把这个交给你，并向你致意。"他说道，并递过表。

这时哈尔沃坐在那里，沉默而忧郁。男孩走到身边时，他用一只手捂着双眼，仿佛不想看到他。英格玛拿着表站了好一会儿，最后恳求地瞥了一眼斯蒂娜嬷嬷。

1　复活节的前一周。

"求和者得福。"她说道。

斯托姆也插了嘴。"我觉得你不用再去修表了，哈尔沃，"他说道，"我一直认为如果英格玛·英格玛森还在世的话，早就会给你一个公正的评价了。"

接着，他们看到哈尔沃伸出手，似乎有些为难地接过表。然后在他接过表的瞬间，立刻就把它放到了背心里面的口袋。

"这样他就不用担心任何人会把表抢走啦。"老师看着哈尔沃小心地扣好上衣纽扣，笑着说道。

哈尔沃也笑了起来。此刻，他站起身来，直了直腰，深吸一口气。他的脸上恢复了光彩，眼里闪烁着喜悦。

"现在，哈尔沃一定感觉自己获得新生了。"老师妻子说道。

哈尔沃把手伸进外套口袋，掏出自己崭新的表，走向坐在餐桌边的英格玛，说道："既然我接受了你父亲的表，你一定要收下我的表。"

他把表放到桌子上，没说一句告别的话就走了。这天余下的时光，哈尔沃拖着沉重的步伐徘徊在马路上、小道间。几个农夫大老远来买东西，在他的店外从中午徘徊到傍晚，却始终不见蒂姆斯·哈尔沃的身影。

埃洛夫·厄斯桑，卡琳·英格玛森的丈夫，出身于农户人家。他的父亲是一个凶残而贪婪的农夫，对他极为严厉。小时候，埃洛夫常常忍饥挨饿，即便长大成人也被父亲牢牢控制着。他从早到晚埋头苦干，不能有片刻玩耍，他甚至从未像其他年轻人那样参加过村里的舞会，即使在周末也有干不完的活。婚后，埃洛夫仍然受制于人，不得不委身英格玛农场，听岳父的差遣。在英格玛农场，他同样过着卖苦力、勤俭节约的生活。英格玛·英格玛森在世时，埃洛夫对他的命运总是欣然接受，毫无怨言。在他的观念中，生活从来都是艰辛的，别无他样。村民们都说英格玛森终于找到了一个称心如意的姑爷。

然而，当大英格玛入土为安后，埃洛夫马上变了嘴脸，他开始寻欢作乐，整日饮酒。他每天与教区里的酒鬼为伴，还把他们请到农场来，跟他们出入舞厅、酒馆。现在，他每天除了喝个大醉，什么也不干。短短的两个月，他俨然变成了一个酒鬼。

当卡琳第一次看到丈夫喝醉时，她害怕极了。"这是上帝对我的惩罚，因为我错怪了哈尔沃。"这是她的第一个念头。然而，对于丈夫的恶行，她很少责怪或警告。因为她很快就意识到，埃洛夫就如同一棵朽木，注定要枯萎败坏，指望这样的人来协助或者保护自己简直就是妄想。

但是，卡琳的妹妹们可没有那样的远见。那些下流的歌谣和粗俗的笑话让她们脸红，她们憎恨姐夫的种种越轨行为，轮流对他谴责和警告。尽管这个姐夫大体上还算好脾气，但有时也会恶言相对，争吵不休。卡琳只想着如何让妹妹们摆脱这种痛苦的生活，一切由她一人承受就够了。这年夏天，她陆续把两个大一点的妹妹嫁了出去，另外两个被她送去美国，她们的亲戚在那里生活得不错。

妹妹们都得到了应得的遗产，每人总计两万克朗。她们达成共识，农场先由卡琳经营，等小英格玛成年时再接手。

对于这么笨拙而胆怯的卡琳来说，能把这些小鸟送出巢，给她们找到伴侣，安置好家，似乎是一件很了不起的事。这一切都是她一手操办的，因为她没法指望得到丈夫的帮助，如今他已经成为一个彻头彻尾的废人。

然而，她最不放心的还是弟弟——现在的英格玛·英格玛森。与妹妹们相比，弟弟更容易激怒她的丈夫。他会用行动而非语言表达他的不满。一次，他倒掉了埃洛夫买回家的所有的玉米白兰地；还有一次，他往酒里掺水被姐夫逮了个正着。

这年秋季，卡琳提出照旧把弟弟送回法伦的高中学习，却遭到了丈夫的反对——现在他也是男孩的监护人之一。

"英格玛应该像他的父亲、我，或者我的父亲一样，长大成为一个农民，"埃洛夫说道，"他在高中能学到什么？等到了冬天，我带着他去森林里建炭窑，那才是最好的课堂。我在他这个年龄的时候，整个冬天都要在炭窑里干活。"

卡琳无法改变丈夫的主意，便只好顺势而行，把英格玛留在家里。

埃洛夫总想赢得小英格玛的信赖，不管去哪儿，都要带着男孩。当然，男孩并不愿意同行，他不喜欢跟着姐夫到处狂欢买醉。于是，埃洛夫哄骗他，发誓除了教堂或商店不会去其他地方。但是，当他把英格玛哄到马车上，便驾着马车一直驶到柏格萨纳的铁匠铺——卡姆湾的小酒馆。

卡琳很高兴丈夫能带着男孩随行，这对埃洛夫买说至少是一种保护，可以避免他跌入路边的阴沟，或者赶马车出事。

这一次，埃洛夫早上八点才回家，英格玛坐在他身边睡着了。

"快出来，看看这男孩！"埃洛夫对卡琳大吼道，"快把他弄进屋里。这小子喝多了，一步也走不了了。"

卡琳吓得差点晕过去，她坐在台阶上冷静一会儿，然后把男孩抱进屋里。她抱起男孩的时候才发现，他并非睡着了，而是冻僵了，整个人昏睡过去了。她把男孩抱进卧室，锁好房门，尽力让他苏醒过来。过了一会儿，她来到客厅，埃洛夫正在那里吃早餐。她径直走到他身后，把手按在他的肩上。

"你能吃就尽情地吃吧，"她说道，"如果你让我弟弟饮酒致死，你很快就要吃苦头了，到那个时候你休想再吃到英格玛农庄里的饭菜。"

"你怎么这样说话！好像一点白兰地就会伤到他似的！"

"记住我说的话！如果这男孩死了，你要在监狱里待上二十年，埃洛夫。"

卡琳回到卧室时，男孩已经从昏迷中醒来，但还是神志不清，动弹不得。他现在很难受。

"我会死吗，卡琳？"他呻吟着。

"不会的，亲爱的，你不会死。"卡琳安慰他道。

"我不知道他们给了我什么。"

"感谢上帝！"卡琳虔诚地说道。

"如果我死了，你一定要写信告诉姐姐们，我不知道那是酒。”男孩哭喊着。

“好的，亲爱的。”卡琳安慰道。

“我真的不知道那是酒——我发誓！”

整整一天，英格玛都躺在床上，高烧不止。“求你，千万不要告诉父亲！”他开始胡言乱语。

“父亲永远也不会知道这件事的。”她说道。

“但如果我死了，父亲一定会知道怎么回事。我没脸见他啊。”

“这不是你的错，孩子。”

“也许父亲觉得我不该喝掉埃洛夫给我的饮料？难道你不觉得整个教区都会知道我喝酒了吗？”他问道。

“雇工们会怎么说我？丽萨大婶说什么没有？大力英格玛呢？”

“他们什么也没说。”卡琳回答。

“你一定要告诉他们事情的真相。在卡姆湾的酒馆里，埃洛夫和他的朋友们整晚都在喝酒。我坐在角落里的长凳上半睡半醒，这时候埃洛夫走过来把我叫起。‘醒醒，英格玛，’他兴高采烈地说，‘给你点东西，暖暖身子，喝了它。’他催促着，把杯子送到我嘴边。‘只是热水加了些糖而已。’当时我正感到浑身发冷，就喝了下去，只觉得又热又甜。但是他一定往里面掺了些烈性的东西！哦，父亲会怎么看这件事？”

这时，卡琳打开正对着客厅的房门，埃洛夫还在那里吃早饭。她觉得最好让那家伙听听这些话。

“如果父亲还活着，卡琳，如果父亲还活着！”

"会怎么样，英格玛？"

"你不觉得他会杀了他吗？"

忽然，埃洛夫放声大笑。男孩一听吓得脸色苍白，卡琳赶紧把门重新关好。

不管怎么说，这件事对埃洛夫还是有触动的：当卡琳决定把男孩送到斯托姆的学校时，他没有再提出任何反对意见。

哈尔沃收获这块表之后，店里总是挤满了客人。教区的农夫只要进了城，都会到哈尔沃的店里坐坐，专门来听大英格玛这块表的故事。这些农民通常穿着长长的白色皮毛大衣，坐在柜台前，一待就是几个小时。他们脸上堆满了皱纹，神情严肃地听着哈尔沃讲述。有时候哈尔沃会把表拿出来，给他们看看表壳上的凹痕和表盖上的裂缝。

"所以英格玛就在那儿被撞倒的。"农民们通常会这样说。他们似乎看到了大英格玛受伤时发生的一切。"哈尔沃，你能拥有这块表是莫大的荣幸啊！"

当哈尔沃向众人展示表的时候，他总是紧紧地抓着表链，从不让表离开自己的手。

一天，哈尔沃正站在一旁，给一群农民讲述这个故事，讲到精彩处他自然又拿出表来。当表在众人手里传递时（哈尔沃攥着表链），店里一片安静。这时，埃洛夫也进店了，但大家的注意力都在表上，没有留意到他。埃洛夫也听过岳父这块表的故事，马上就知道这里发生了什么。他并不嫉妒哈尔沃有这样的纪念品，只是看到他和其他的人都站在那里，表情严肃地看着一块老旧而破损的银色怀表，感到可笑。

埃洛夫悄悄走到众人身后，伸手夺过哈尔沃手里的表。他这么做并没有抢表的意思，只是想逗逗哈尔沃，纯粹为了好玩。

哈尔沃试图夺回表，但埃洛夫向后一退，举起手中的表，像拿了一块方糖逗狗一样。这时，哈尔沃奋力一跃，从柜台后面跳出来。他看上去十分恼火，吓得埃洛夫顾不得还表，拔腿就朝门口跑。

门外的木台阶早已破旧不堪，埃洛夫一不留神踩进漏洞里，整个人跌了下去。哈尔沃见状扑上去夺回了表，并狠狠地揍了对方几拳。

"快别打了，看看我的背怎么样了。"埃洛夫说道。

哈尔沃立即住手，但埃洛夫还是动弹不得。

"扶我一把。"他说道。

"你都醒酒了，自己能起来。"

"我没喝醉，"埃洛夫抗议道，"事实上，我往楼下跑的时候，以为自己看到大英格玛正朝我走来要表，我才摔得这么狼狈。"

于是，哈尔沃俯身扶起这个可怜的家伙。埃洛夫的背确实伤得不轻。他被抬到四轮马车上，送回了家。从此以后，他无法走路，只能躺在床上，成了无用的废人。但他的嘴一刻也不闲着，整日央求着要酒喝。为了防止他饮酒致死，医生严格要求卡琳不能给他喝酒。可是，为了喝到酒，埃洛夫尖叫着，发出最可怕的噪声，尤其在夜里。他像个疯子，扰得其他人无法休息。

　　这是卡琳最难熬的一年。有时候，她被丈夫折磨得就要崩溃了。空气被他的污言秽语污染了，家成了地狱般的场所。卡琳乞求斯托姆让小英格玛假期的时候也留在学校，她不想让自己的弟弟在家待上一日，哪怕圣诞节也如此。

　　在英格玛农场做工的仆人基本上都是这个家族的远亲，他们就住在农场里。要不是有亲缘关系，他们早就摆脱这种环境，另寻他处了。只有少数几个安静的夜晚才能让他们睡个好觉。埃洛夫总是变着法地折磨仆人和卡琳，让她们满足自己的要求。

　　在这种痛苦中，卡琳度过了一个冬天、一个秋天、又一个冬天。

　　家里有一处僻静的地方，卡琳有时会逃到那里去独处一会儿，让自己冷静下来。她坐在啤酒花花园后面狭小的石凳上，手肘抵着膝盖，双手托腮，双眼凝视前方，却对一切视而不见。前面是一片玉米地，再前面是森林，远处是连绵的山峦和克莱克山峰。

　　四月的一个晚上，就像以往冰雪初化春雨未至之时，她又坐在石凳上，感到身心俱疲。啤酒花睡在冷杉树丛的遮挡下，远方的山峦笼罩在浓雾之中，这是解冻期的常见景象。桦树顶端开始变成棕色，但森林边缘处还堆着厚厚的积雪。春天将至，一想到这点，她就感到更加疲惫。她觉得自己可能无法熬过这个夏天了。眼前还有一堆活儿等着她——播种、收割、烤制、清理、编织，还有缝纫。她想象着该如何把这些工作一一完成。

　　"我最好死了算了，"她叹了口气，"我活着好像就是为了不让埃洛夫喝酒醉死。"

忽然，她抬起头，好像听到有人叫她的名字。哈尔沃·哈尔沃森倚靠着树篱，正盯着她看。她不知道对方是什么时候来的，但显然他已经站在那里有一会儿了。

"我想能在这儿找到你。"哈尔沃说道。

"你怎么知道的？"

"我记得以前你也常偷偷溜到这儿，坐着沉思默想。"

"那时候我还没什么好想的。"

"那时你总是自寻烦恼。"

卡琳看着哈尔沃，心里在想："他一定觉得我是个傻瓜，不嫁给像他那样英俊又体面的男人。现在，他大可以幸灾乐祸，嘲笑我一番。"

"我刚才在屋里跟埃洛夫谈过了，"哈尔沃解释道，"其实，我是来看他的。"

卡琳没有作声，只是呆呆地坐在那儿，双眼盯着地面，双手交叉，准备接受来自哈尔沃的冷嘲热讽。

"我跟他说，"哈尔沃继续说道，"对于他的不幸，我有很大的责任，毕竟他是在我的店里摔伤的。"他停顿了一会儿，好像在等她表态，无论同意还是反对。但卡琳还是一言不发。"所以我问他愿不愿意跟我住一段时间。至少他能换个环境，在我那里他能见到更多的人。"

这时，卡琳只是抬起双眼，依旧一言不发。

"我们已经定下来，明天早上把他接到我那里去。我知道他会去的，因为他以为在我那里会有酒喝。当然，你得知道，卡琳，我一定不会给他喝酒的，完全没可能！就像在这里一样，他一滴酒也碰不到。我明天来接他。店里的一个小房间给他住，我答应他开着房门，这样他能看到来来往往的人群。"

起初，卡琳以为哈尔沃只是信口开河，但渐渐地，她意识到对方是认真的。

事实上，卡琳曾经以为哈尔沃追求自己是为了钱和家族关系。她从未想过他会爱她这个人，因为她知道自己不是那种讨男人喜欢的姑娘。她也从未陷入过爱河，无论与哈尔沃，还是同埃洛夫。但现在哈尔沃却在她危难之际伸出援手，这个男人的高尚与大气征服了她，他的善良让她惊叹。她觉得既然他能来，他一定有点喜欢自己。

卡琳的心狂跳不止。她感到一种从未体验过的情感，并思索着那是什么。忽然，她意识到那是哈尔沃用他的善良融化了她冰冷的心，一股强大的爱意在她心底燃烧。因为担心卡琳会反对，哈尔沃继续讲述他的计划。"对埃洛夫来说，这种生活也挺难的，"他恳求道，"他需要换个环境，他不会给我添多少麻烦的，至少不会像在这里一样。当他与男人相处的时候，他会完全不一样的。"

卡琳手足无措。她觉得自己的一言一行、一举一动都会泄露她对哈尔沃的爱意，但她知道自己必须给对方一个答复。

此时，哈尔沃看着她，不再说话。

于是卡琳起身，情不自禁地走到他面前，用手拍拍他。"上帝保佑你，哈尔沃！"她断断续续地说道，"上帝保佑你！"

尽管她小心翼翼，哈尔沃还是猜到了什么，他一把抓住她的手，把她拉过来。

"不！不！"她惊叫道，奋力挣脱，然后跑开了。

埃洛夫离开家，去哈尔沃那儿了。整个夏天，他都躺在商店外的小卧室里。哈尔沃也没能照顾他多久，因为上秋之后埃洛夫就死了。

他死后不久，斯蒂娜嬷嬷对哈尔沃说："现在你得向我保证一件事：答应我对卡琳多点耐心。"

"当然，我会付出十足的耐心。"哈尔沃回答道，感到一头雾水。

"她是一个值得迎回家的好姑娘，即使要等上七年，也在所不惜。"

然而，对于哈尔沃来说，要保持这份耐心谈何容易。不久，他就听说追求卡琳的人接二连三地登门了。这件事发生在距离埃洛夫的葬礼还不到两周的时候。

一个周日的午后，哈尔沃坐在店前的台阶上，看着人来人往。这时，他发现若干辆装饰精良的马车朝英格玛农庄驶进。在第一辆马车上，端坐着柏格萨纳铸造厂的检察员；第二辆马车上坐着卡姆湾客栈老板的儿子；最后一辆马车上坐着地方法官伯杰·斯文·佩尔松，他是达勒卡里亚西区最富有的人，同时拥有着德高望重的声誉，当然他已不再年轻，结过两次婚，两次丧妻。

当哈尔沃看到伯杰·斯文·佩尔松驱车前来时，他再也按捺不住自己。他飞奔上路，不一会儿就来到桥上，英格玛农庄就坐落在河边。

"我只想知道那些马车要去哪里。"他自言自语道。他跟着马车的车痕，一路小跑，越发坚定了信念。"我知道自己很愚蠢，"他想起斯蒂娜嬷嬷的告诫，"我只到门口就好，看看他们到底去干什么。"

伯杰·斯文·佩尔松和其他两位男士正坐在英格玛家最好的房间里享用咖啡。英格玛·英格玛森仍然住校，但周日会在家。他像主人一般坐在桌边陪着他们，卡琳则借口女仆们去宣教屋听老师布道，她自己跑进厨房做事去了。

客厅里死气沉沉的。所有人只是坐在那里喝咖啡，谁也不说话。这些追求者彼此互不认识，都想找个机会溜进厨房跟卡琳私下说几句话。

这时，门开了，又走进一位到访者。英格玛把他带进客厅。

"这位是蒂姆斯·哈尔沃·哈尔沃森。"英格玛把这位新客人介绍给伯杰·斯文·佩尔松。

斯文·佩尔松并没有起身，只是跟哈尔沃挥挥手，寒暄一句："很荣幸能认识你这样尊贵的朋友。"

英格玛给哈尔沃拉来一把椅子，故意发出噪声，缓和这种尴尬的回应。

哈尔沃一进屋，这些追求者就变得健谈起来，他们开始吹牛，彼此夸赞。他们好像达成一种默契，要把哈尔沃赶出这场角逐。

“今天法官大人可是驾了一匹良驹啊。”检察员率先说道。

伯杰·斯文·佩尔松识趣地称赞检察员去年冬天射杀了一头熊。然后，这二人又转向客栈老板的儿子，称赞他的父亲正在建造一座大房子。最后，他们又对伯杰·斯文·佩尔松的财富夸耀一番。他们滔滔不绝地说着，每一句话都让哈尔沃明白他的地位是多么低微，根本不配跟他们竞争。哈尔沃觉得窘迫不安，开始后悔踏入此地。

这时卡琳带着刚煮好的咖啡走了进来。看到哈尔沃，她立刻精神起来，但她马上意识到自己的丈夫死后不久哈尔沃就到访，是很不合时宜的。“如果他如此急迫，一定会有人说三道四，认为他没好好照顾埃洛夫，希望他早点离世，这样他就能娶我。”她希望他能耐心地等她两三年。时间一长，村民们就不会认为他迫不及待地盼着埃洛夫早死。“他为什么这样沉不住气啊？”她想，“他应该知道，我只中意他啊。”

一看到卡琳，这几个人马上安静下来，他们想知道她跟哈尔沃会如何问候彼此。这两个人几乎连手都没有碰一下。佩尔松法官见状不禁欣喜地吹了声短促的口哨，检察员则抑制不住大笑起来。哈尔沃静静地转向他，问道：“你笑什么？”

检察员被问得哑口无言。因为卡琳在场，他可不想出言不逊。

“他想到好笑的事，一个猎人养了一只野兔，却让别人把兔子抓走了。”客栈老板的儿子谄媚地说道。

卡琳的脸涨得通红，重新给每位客人斟满咖啡。“伯杰·斯文·佩尔松和各位只能将就喝这种纯咖啡，”她说道，“我们不向农场里的任何人提供烈酒。"

"我在家也是如此。"这位地方法官赞许地说道。

检察员与客栈老板的儿子默不作声，他们都认为斯文·佩尔松讲话最有分量。

佩尔松法官直截了当地谈起戒酒及其益处。卡琳饶有兴致地听着，对他的言论大加赞同。意识到这类话题能吸引到她，这位法官便更加长篇大论地诅咒起饮酒和醉酒的行径来。通过这番话，卡琳整理了自己对这个话题的认识。令她高兴的是，她的观点竟同这位学识渊博的法官不谋而合。

在他长篇大论的时候，伯杰·斯文·佩尔松瞥了一眼坐在一旁的哈尔沃，哈尔沃看起来郁郁寡欢，连一口咖啡也没喝。

"这样对他太苛刻了，"伯杰·斯文·佩尔松想，"尤其是如果人们所言不虚——他在埃洛夫最后一段日子里，给予对方一定的关照。不管怎么说，他帮了卡琳的大忙，让她免受酒鬼可怕的折磨。"法官似乎认为自己稳操胜券，便对哈尔沃也友好起来。他举起咖啡杯，说道："这杯敬你，哈尔沃！你帮了卡琳的大忙，让她免遭酒鬼丈夫的折磨。"

对这样的祝酒词，哈尔沃没有回应。他坐在那里直视着对方的双眼，思量自己该如何作答。

检察员又大笑起来。"是啊，是啊，帮了大忙，"他哈哈大笑，"真是一个大忙啊。"

"是啊，是啊，真是一个大忙。"客栈老板的儿子附和道，也咯咯笑了起来。

不等他们笑完，卡琳就已经悄无声息地退回到厨房，即使在厨房，她也能听到客厅里的每一点声响。对于哈尔沃不合时宜的到访，卡琳既感到遗憾，又万分苦恼。这很可能让她无法嫁给哈尔沃。显然，坊间的流言蜚语已经传开。"我无法承受失去他。"她叹了口气。

一时间客厅里鸦雀无声。不一会儿，她听到推拉椅子的声响。一定是有人起身要离开了。

"你要离开了，哈尔沃？"她听到小英格玛这样问道。

"是的，"哈尔沃回答道，"我不能再待下去了，请代我跟卡琳告别。"

"你为什么不去厨房亲自跟她告别呢？"

"不，"她听到哈尔沃回答道，"我们俩没什么好说的。"

卡琳的心一下子沉了下去，各种念头像长了翅膀似的飞入她的脑海。哈尔沃一定在生她的气！她竟然不敢跟他握手，别人嘲笑他时，她不但不为他争辩，反而偷偷溜走。哈尔沃现在一定认为她不在乎他，因此要起身离开了，并且永远不再登门了。她不明白自己为什么对他如此不公——她是那么爱他。这时，她忽然想到父亲常说的一句话："英格玛森家族的人无须畏惧世人的看法；他们只管遵循上帝的旨意行事。"

卡琳急忙开门，抢在哈尔沃离开前，跑到了他面前。

"你这么快就要离开了，哈尔沃？"她问道，"我以为你要留下吃晚餐的。"

哈尔沃盯着卡琳。她似乎变了个样，她的脸颊绯红，一种从未有过的温柔与魅力正悄然在她身上绽放。

"我要离开了，并且永不登门。"哈尔沃说道。现在他还没有领会她的心意。

"留下来，喝完咖啡。"她极力劝说。然后，她拉着他的手，把他带回桌边。她的脸色时白时红，几次差点失掉勇气。尽管没有什么比嘲笑和轻蔑更让她感到恐惧，她还是要勇敢面对。"现在他至少明白，我是站在他这一边的。"她想。随后，她转向在场的宾客说道："伯杰·斯文·佩尔松，还有其他诸位！首先，我要声明哈尔沃与我从未讨论过此事——我不久前丧夫，但现在我觉得最好让大家都明白我的心意，在这个世上我只愿意嫁给哈尔沃。"她停了一会儿，清清嗓子，最后说道："其他人愿意说什么随他去吧，哈尔沃与我无愧于心。"

卡琳说完这通话，走到哈尔沃身边，好像在寻求保护，以抵抗所有残酷的诽谤。

在场的追求者一言不发，大多被卡琳·英格玛森的话震撼到了。卡琳此刻看上去多了几分少女的娇羞，这是她以前从未有过的。

随后，哈尔沃激动地说道："卡琳，当我接受你父亲赠予我的怀表时，我以为那就是我人生中的顶点了，然而今天你所做的超越了一切。"

于是，伯杰·斯文·佩尔松这位真正的绅士站起身。

"让我们祝贺卡琳与哈尔沃，"他优雅地说道，"因为每个人都知道，英格玛的女儿卡琳选择的男人是百里挑一的。"

在锡安山 [1]

有时候，那个老迈的乡村老师会表现得过于自信。这倒也不奇怪。因为他一生都在向别人传授知识，给予建议。他觉得村民都是在他的教导下生活，没有人比他这个老师知道得更多。然而，他又怎么可以忽视年龄，把教区里的所有民众都当作小学生帮扶呢？自然，他认为自己比其他人都更加明智。让这种老派人士像对待成人那样对待这些村民是不可能的，他总是把每个人都看成带着小酒窝、睁着大眼睛的孩童。

一个冬季的周日，教堂礼拜结束之后，牧师和老师在教堂的法衣室站着聊天，他们的话题转到救世军 [2] 上。

"那真是一个独特的想法，"牧师说道，"我从未想过，有生之年会看到那样的事！"

老师瞥了一眼牧师，目光凌厉。他觉得这样的评价根本没有切中要点。牧师当然无法想象，这样荒唐的创意会在他们的教区行得通。

"我认为你并不想看到今天的局面。"老师漠然地说。

牧师清楚自己是那种性格软弱且神经敏感的人，所以就让老师按照自己的方式行事吧。但同时，他偶尔也会不自觉地开开对

1　圣城耶路撒冷修建在此山上。

2　救世军是以军队形式作为其架构和行政方针，并以基督教为信仰的国际性宗教及慈善公益组织，该组织常常实施街头布道、慈善活动和社会服务，创立于 1865 年，创始人为英国人威廉·布斯。

方的玩笑。

"斯托姆，你就那么自信，我们可以摆脱救世军的侵扰？"他说道，"你看，当牧师与老师同心协力的时候，就不用担心有什么恼人的事会掺和进来。但我不确定的是：斯托姆，你是否站在我这一边。因为你总是按照自己的心意在你的锡安山布道。"

对于这番话，老师并没有立即做出回应。他过了一会儿才谦和地说道："某位牧师还从未听过我布道呢。"

在牧师看来，宣教屋如同一块禁地，他从未涉足。而此时，这个问题被提出，这两个人都感到有些愧疚，因为自己说了伤害对方的话。"也许，我对斯托姆是不公平的，"牧师想，"他举办周日午后的《圣经》座谈已经有四年了，显然参加教堂晨祷的人比以前多了很多，教会民众也丝毫没有出现分裂的迹象。斯托姆并没有像我担心的那样毁掉教区。他是一位忠诚的朋友和上帝的仆人，我要让他知道我的钦佩之情。"

上午这点小小的不快，以牧师决意参加午后老师主持的布道而告终。

"我要让斯托姆惊喜一下，"他想，"我要去他的锡安山听他布道。"

在去宣教屋的路上，牧师回想起建造宣教屋的情景。那时仿佛空气中都溢满了预言的味道，他是多么坚定地认为上帝一定会发威！然而，时过境迁，岁月静好。"我们的主一定是改变主意了。"他想，并为自己有如此怪异的想法感到好笑。

老师的锡安山是一间宽敞的客厅，四面是浅色的墙壁。有两面墙壁上分别悬挂着路德与梅兰希顿[1]的木刻版画，相框四周镶着毛边。沿着天花板边缘处是装饰华美的《圣经》文本，周围精心点缀着鲜花和天堂小号与巴松管。在客厅前方，布道者讲台的上方，挂着一幅展现善良的牧羊人的仿制油画。

偌大的厅堂里挤满了人。为了制造一种庄严的氛围，前来听讲的男人们都穿着本教区别致的农民服装。女人们则头戴浣洗得发白的头饰，乍一看，屋子里仿佛满是白色羽翼的鸟儿。

斯托姆已经开始演讲，这时他看到牧师从过道走来，坐在前排的座位上。

“你多么优秀啊，斯托姆！”老师想道，“样样事情都不出你所料，连牧师也在向你致敬。”

老师在布道这段日子，已经把《圣经》从头到尾解释过一番。那天午后，他参照《启示录》，谈到了圣城耶路撒冷和永恒的祝福。他很高兴牧师能够到来，他想着：“对我而言，没有什么能比永远站在讲台上布道、教授这些听话而懂事的孩子更加让我心满意足了；只要偶尔上帝能够亲临聆听，就像今日牧师到场一般，我就是天堂中最幸福的人了。”

当老师讲到耶路撒冷的时候，牧师马上提起精神，但他忽然有了一种不祥的预感，这种感觉在很久以前曾闪现在他脑海中。布道还在进行中，门突然开了，几个人走了进来。他们大多二十

1　菲利普·梅兰希顿（Philipp Melanchthon，1497—1560，或译梅兰希通），德意志宗教改革家、人文主义者。1517年马丁·路德提出《九十五条论纲》，他积极响应，成为路德的得力助手。

几岁，为了不打扰老师布道，他们只站在门口处。"啊！"牧师想道，"我觉得有事情要发生了。"

不等斯托姆说完"阿门"，刚进来的那群人中就有一个人高声说道："我很想讲几句话。"

"说话的人一定是霍克·马茨·埃里克森。"牧师心想，其他人也听得出来。在这教区，只有他拥有这童音般甜美的高音。

接着，一个身材矮小、面容和善的男人走上讲台，他身后跟着一帮男男女女，好像给他壮胆一般。

牧师、老师，还有全体会众都坐在那儿焦急地等待。"霍克·马茨一定是来告诉我们一些可怕的消息，"他们想，"不是国王死了，就是有人宣布战争了，或者又有可怜的孩子溺水了。"但霍克·马茨看起来不像要宣布坏消息，他的样子十分虔诚，而且像是受到了某种刺激。事实上，他的神情充满喜悦，脸上不自觉地微笑着。

"我想对老师和各位教友讲几句话，"他开口道，"两周前的星期天，我跟家人都在家里，因为雨雪交加，我们没能来这儿听斯托姆布道。但是我们渴望听到上帝的教诲，突然我感到圣灵降临到我身上，我觉得自己有话要说，然后我开始布道。现在我已经有过两次布道经历，家人和邻居让我到这儿来，让大家都听听我布道。"

霍克·马茨说自己也很惊讶圣灵竟然降临到像他这样卑微的人身上。"但老师也是农民出身啊。"他略微自信地补充道。

一段开场白过后，霍克·马茨双手合十，准备开始布道。此时，老师才从最初的惊讶中缓过神来。

"霍克·马茨你打算现在就开始布道吗？"

"是的，我正有此意。"他回答道。此时，斯托姆正对他怒目而视，这让他像受惊的孩子一样胆怯。"当然，我想，先得到老师和其他人的许可。"他结结巴巴地说道。

"今天的布道已经结束了。"斯托姆斩钉截铁地说。

听了这话，这个腼腆的小个子男人眼中泛着泪光，哀求道："您就让我说几句话，好吗？当我推着耕犁，或者在窑炉边劳作时，总有一些想法进入到我脑海中，我想跟大家说说。"

然而，尽管老师今天已经成就满满，他对眼前这个可怜的男人却不抱一丝同情。"马茨·埃里克森带着怪异的想法来到这儿，说要传递上帝的教诲。"他指责道。

霍克·马茨不敢张口反驳。于是，老师翻开赞美诗集。

"让我们共同吟唱第 187 首赞美诗。"他说道。他声音洪亮地朗读赞美文，随后高声唱道："你的窗口朝耶路撒冷敞开……"

与此同时，他想道："正好今天牧师也在场，现在他知道了，我有能力把我的锡安山打理好。"

赞美诗刚刚唱完，一个男人就跳了起来。这不是别人，正是骄傲而高贵的荣·比约恩·奥拉夫松。他娶了英格玛的一个女儿，是教区中心处一个大农庄的主人。

"我们认为，老师在回绝马茨·埃里克森之前，应该征求一下我们的想法。"他温和地反驳道。

"哦，这是你的想法吗，小家伙？"老师说话的口气，就好像在斥责那些自以为是的小孩子，"那么让我告诉你，在这间大厅，唯一有发言权的人就是我，只有我。"

荣·比约恩涨红了脸。他不想跟老师争吵，只想维护善良的霍克·马茨。同样，他对老师的回答感到十分懊恼。不等他想到辩驳之辞，霍克·马茨的另一位同伴就开口道："我听过霍克·马茨两次布道，我想说，他讲得很精彩。我相信今天到场的人听了他的布道会受益的。"

这次老师愉快地做出了回答，但语气中仍然充满了训诫的味道："克里斯特·拉尔森，你应该清楚，我不能允许别人在这里布道。如果今天我让霍克·马茨在此布道，下个星期天就会是克里斯特，再下个星期天就可能是荣·比约恩！"

有几个人听了这话，大笑起来。然而，荣·比约恩早就做好了反驳的准备："我认为，克里斯特和我没道理不能像老师那样布道。"他说道。

这时，蒂姆斯·哈尔沃站了起来，试图平息这场冲突："在新的布道者发言前，应该征求一下我们这些宣教屋捐建人的意见。"

随后，克里斯特·拉尔森像被激怒了一样，再次站了起来："我记得，当初在建造这间宣教屋的时候，我们一致同意要把它建成一个可以畅所欲言的地方，而不是像教堂那样，只允许一个人布道。"

克里斯特一开口，大家好像都松了一口气。仅仅一个小时前，他们还不曾设想老师以外的其他人在此布道，现在，他们却一致认为听听不同的声音应该是一种享受。"我们想听听新内容，看看讲坛后的新面孔。"有人小声说道。

如果布莱·冈纳尔不在场，那天的纷争也不会加剧。他也是蒂姆斯·哈尔沃的妹夫，身材高大，面容枯瘦，皮肤黝黑，目光锐利。冈纳尔跟其他人一样敬爱老师，但是他更喜欢与人争辩。

"我们修建这间宣教屋的时候，谈论最多的就是自由，"冈纳尔说道，"但是自从第一次在此听讲到现在，我还不曾听到一句自由言论。"

老师脸色发青。冈纳尔所言，实实在在地透着敌意，或者说反抗。"我不得不提醒你，布莱·冈纳尔，你在这儿听到的正是自由之布道，一如路德本尊的教诲。但那种朝令夕改的时髦想法，在这儿是不允许宣传的。"

"只要触碰到教义方面，老师总是让我们认为新想法一文不值，"冈纳尔镇静地说道，言语中不无遗憾，"他赞同我们采用新方法饲养牛羊，希望我们学会使用最先进的农作机器，却不让我们知晓在上帝的乐土之上正在播种的新思想。"

一开始，斯托姆觉得布莱·冈纳尔只不过在乱嚷嚷而已。"你的意思是，"他带着嘲弄的口吻说道，"我们应该在这里宣扬除了路德教以外的其他教义？"

"问题不在择选教义，"冈纳尔吼道，"而是由谁布道！依我看，马茨·埃里克森同老师、牧师一样，能把路德教义宣讲得很好。"

刚才老师把牧师忘得一干二净，现在他瞥了一眼坐在台下的牧师。牧师静默地坐在那里，陷入沉思，他的下巴抵在手杖的把手上，眼里闪烁着探求的光芒。他的双眼一直盯着老师，没有丝毫转移。

"毕竟，如果牧师今天没有来，情况可能还会好一些。"老师想。现在发生的一切，让斯托姆想起以前经历的一些事。在春日里一个明媚的早上，学校里也发生过类似的事：小鸟在窗外，叽叽喳喳欢唱不停。这时，总有学生吵吵闹闹，找借口要出去玩，让课堂秩序无法维系。如今，霍克·马茨到来之后，宣教屋也发生类似的情况。但老师要让牧师和其他人看到，他有能力平息此类骚乱。"我先不理他们，让那几个'元凶'声嘶力竭地高谈阔论一番。"他想，然后走过去，坐在讲台后的椅子上，讲台上还放着他的水杯。

顷刻间，抗议之声排山倒海。台下的每个人都受到了鼓动，他们认为自己同老师一样优秀。"为什么只有他才能告诉我们应该信什么，不该信什么！"他们大喊道。

这些想法于他们大多数人而言似乎第一次听到，但在一来二去的论争中可以看出，它们其实自从老师建造宣教屋，阐明普通人也可以宣讲上帝之道以来，就生根发芽了。

过了一会儿，斯托姆自言自语道："孩子们差不多要闹够了，现在是时候让他们知道谁是这儿的主人了。"于是，他站起身来，用拳头猛烈敲打书桌，大声喝道："都停下来！你们这样大吵大闹是什么意思？我马上要离开这里了，你们也得离开，我要关灯锁门了。"

他们中的一些人果真乖乖起身，他们曾经在斯托姆的学校学习过，知道老师一旦拍打课桌，就意味着大家要认真起来。然而，大多数人仍然坐在原位没动。

"老师好像忘了，我们已经是成年人了。"一个人说道。

"他似乎以为，只要他一敲桌子，我们就该往外跑！"另一个说道。

他们仍旧在讨论听新人布道的事，还说到应该邀请哪些人来布道。他们甚至已经开始争吵，到底应该邀请瓦尔登·斯特朗家族的人，还是全国福音派联盟的信徒们。

老师站在那儿盯着眼前的这帮教众，好像在看一群怪物。之前，他看到的是一张张如同孩童般天真的脸庞。可现在，婴儿圆圆的面颊、柔软的鬈发和温柔的眼神都不见了；他看到的是一群成年人，他们的脸都绷得紧紧的。他有一种无力感，甚至不知道该说些什么。

骚动还在继续，声音越来越大。老师不吭声，任凭事态发展。布莱·冈纳尔、荣·比约恩，还有克里斯特·拉尔森闹得最凶。

霍克·马茨是这次矛盾的导火索，他一次又一次站起来，试图平息这场争端，但是根本没人理会他。

老师又看了一眼坐在台下的牧师，处在沉思中的牧师一言不发，他的目光依旧聚焦在老师身上，和他同样焦灼。

"他一定想到了四年前的事，那时我告诉他自己要建造一间宣教屋，"斯托姆想，"他是对的。如今的一切都被他言中：异端、反抗、分裂。如果当初我不那么执着创建我自己的锡安山，或许这一切就不会发生。"

突然，老师想明白了。他抬起头，挺直背，从口袋里掏出一把磨得光亮亮的钢制钥匙。这正是开启"锡安山"的钥匙！他拿起钥匙对准灯光，这样房间里的每一个人都能看到。

"现在，我把钥匙放在桌子上，"他说道，"以后我不会再碰这把钥匙了，因为我已经明白，是我打开了这扇门，招来了那些我本想拒之门外的东西。"

说完，老师放下钥匙，戴上帽子，径直走向牧师。

"我要感谢你的到来，牧师，"他说道，"如果今天你没有来，可能今生再也不会听到我的布道。"

暴风夜

许多人认为，埃洛夫·厄斯桑对卡琳和小英格玛的无耻行径，让他在坟墓里也不得安宁。他把家里所有的钱都拿走了，让卡琳一个人受苦。他离开之后，农场负债累累。要不是哈尔沃慷慨解囊，卡琳可能会被迫把农场抵押给债权人。英格玛·英格玛森的两万克朗不见了，而这笔钱唯一的受托人就是埃洛夫。有人怀疑埃洛夫把钱埋了起来，也有人认为他把钱给别人了。无论如何，这笔钱至今没有找到。

英格玛得知自己身无分文，便与姐姐卡琳商量日后如何谋生。他说自己想成为一名教师，并恳求姐姐让他留在斯托姆的学校，直到他读大学。他说，在学校生活，一来方便自己从老师或牧师那里借书，二来可以帮助斯托姆教孩子们读书，这是很难得的机会。

卡琳想了很久，才给弟弟答复："我觉得，你自从知道自己不是农场主人，就不想留在家里了，对吗？"

当斯托姆的女儿得知英格玛将回到学校，便摆出一副不高兴的样子。在她看来，如果一定要留下一个男孩在学校，那也应该是法官的儿子、帅气的贝蒂尔，或者是霍克·马茨·埃里克森的儿子、逗趣的加布里埃尔。

格特鲁德喜欢他们俩，至于英格玛，她说不上来自己对这个男孩的感觉。她喜欢他，因为英格玛能帮她做功课，还听她使唤。但有时又觉得他无聊透顶，那么不开窍，不懂得玩乐。她欣赏他的勤奋与才能，但有时又看不起他，因为他不会展现自己的能力。

格特鲁德的脑子里充满了古怪的幻想和梦想，她经常跟英格玛倾诉这些。如果英格玛离开学校几天，她就会变得烦躁不安，觉得自己孤单至极。然而，他一旦回来，她又不知道自己到底在期盼什么。

这个女孩从来没有把英格玛看做有钱人家的孩子，甚至对他不屑一顾，认为他低她一等。但是，当她听说英格玛变穷了，她还是会伤心流泪；而当英格玛告诉她，自己不想争回财产，想靠自己的能力教书谋生时，女孩大发雷霆。

然而，只有上帝知道她的心愿：他将来必成大器！

孩子们在斯托姆的学校接受刻板的训练。他们必须完成严苛的课程任务，偶尔才有片刻的欢愉。然而，这一切在斯托姆决定结束自己的布道之后发生了变化。斯蒂娜嬷嬷对他说："斯托姆，现在我们应该让年轻人年轻起来。你和我都年轻过。我们十七岁的时候，为什么可以从早到晚地跳舞？"

于是，周日的晚上，当年轻的加布里埃尔和议员的女儿贡希尔德来拜访斯托姆一家时，他们在校舍里跳起舞来。

格特鲁德也获准可以跳舞，这可把她高兴坏了。但英格玛却说什么也不跳，他拿起一本书，坐在靠窗的沙发上读了起来。格特鲁德几次请求他放下书本一起跳舞，都被他拒绝了。英格玛是如此的阴郁而害羞。斯蒂娜嬷嬷看着他摇摇头。"他可真是一副老气横秋的样子，"她想，"这样的人怎么会知道年轻的滋味。"

这三个跳舞的年轻人，享受了一段快乐的时光！他们谈到下周六打算去真正的舞会，并征求老师和斯蒂娜嬷嬷的意见。

"如果你们去大力英格玛举办的舞会，我就同意，"斯蒂娜嬷嬷说，"因为在那里跳舞的都是体面的人。"

斯托姆也提了一个条件。"除非英格玛也去，照顾格特鲁德，否则我不同意。"

于是，三个人都跑到英格玛那儿，恳求他陪着一起去。

"不！"他咆哮道，眼睛都不抬一下。

"求他根本没用！"格特鲁德说道，她的声音让英格玛抬起眼睛。舞会之后，格特鲁德显得容光焕发。她轻蔑地笑了笑，转过身去，眼睛闪闪发亮。显而易见，她是多么鄙视他，因为他坐在那儿又丑又阴沉，像个脾气古怪的老头。英格玛不得不改变主意，他除了同意别无选择。

几天后的一个晚上，格特鲁德和斯蒂娜嬷嬷坐在厨房里纺纱，小姑娘突然发现妈妈有些不安。每隔一段时间，她就会停下纺车侧耳倾听。"我无法想象那是什么声音……"她说，"你听到什么了吗，格特鲁德？"

"是的，我听到了，"女孩回答道，"一定有人在楼上的教室里。"

"这个时候能有谁？"斯蒂娜嬷嬷轻蔑地说，"你听沙沙的脚步声和轻快的拍打声，从房间的一头到另一头！"

这些细碎的声响就在她们头顶，这让格特鲁德和她母亲都感到毛骨悚然。

"楼上一定有人!"格特鲁德坚定地说道。

"不可能啊,"斯蒂娜嬷嬷说,"我告诉你,自从你们在这里跳舞之后,每天晚上我都会听到这种声音。"

格特鲁德看出,母亲认为舞会之后,家里开始闹鬼了。一旦这种想法在斯蒂娜嬷嬷脑中固化下来,格特鲁德以后就没法再跳舞了。

"我上去看看怎么回事。"女孩起身说道,但她的妈妈拽住她的衣襟。

"我不敢让你去。"她说道。

"胡闹,妈妈!最好弄清楚这是怎么回事。"

"那我跟你一起去!"妈妈决定。

她们蹑手蹑脚上了楼,走到门口,却不敢开门。斯蒂娜嬷嬷弯下腰,透过钥匙孔往里看。看了一会儿,她竟笑出声来。

"有什么好笑的,妈妈?"格特鲁德问道。

"你自己看看,但是别出声!"

于是,格特鲁德透过钥匙孔往里看。教室里的桌子、椅子都被推到墙边,在教室中央,英格玛·英格玛森怀里抱着一把椅子,在尘土中翩翩起舞。

"英格玛疯了吗?"格特鲁德大叫道。

"嘘——"母亲制止住她,并把她从楼上拉了下去。"他在学跳舞呢。他想学会了,自己在周末的舞会上露一手。"她补充道,并得意地笑了。接着,斯蒂娜嬷嬷大笑起来。"这孩子差点把我吓死!"她坦白道,"感谢上帝让他年轻了一次!"等到她渐渐平复了自己的情绪，她又说道："这件事你不许对任何人说，听到没有！"

　　周六晚上，四个年轻人整齐地站在学校台阶上，准备出发。斯蒂娜嬷嬷赞许地打量着他们。男孩们穿着黄色鹿皮马裤和绿色土布马甲，露出红色衣袖。贡希尔德和格特鲁德则穿着镶着红边的条纹裙子、灯笼袖的白衬衫；她们的紧身衣外，披着印花方巾，围裙上的花样跟方巾上的一样华美。他们四个走在这样美丽的春日暮色中，好长一段时间谁也没说话。格特鲁德不时瞟英格玛一眼，想着他是怎样学会跳舞的。无论是想到英栓玛古怪的偷学经历，还是对参加正式舞会的期待，她的思绪都那么轻松而飘逸。她故意走在其他人后面，以便沉思时不受打扰。她在头脑中编了一个大树怎样长出新叶的故事。

　　她想整个过程是这样的：在一整个冬天的沉睡后，林中的大树做起梦来，梦到夏天来了。它们似乎看到了绿油油的草地和起伏的玉米田；娇艳欲滴的玫瑰爬上蔷薇枝头；荷塘中布满舒展的莲叶；孪生花的卷须下隐约可见颗颗石块；星星点点的无名小花散落林间小路。看着周遭的一切，大树为自己的枯瘦和裸露感到羞耻，这种感觉萦绕在她的梦中。

　　在茫然与尴尬中，大树幻想着自己被嘲笑。大黄蜂嗡嗡的叫声，喜鹊和其他鸟儿叽叽喳喳的欢唱，在大树耳中都成了讥讽的小调。

　　"我的衣服哪儿去了？"大树绝望地问。然而，无论在树干，还是枝条，连一片叶子都找不到。它哀伤至极，从梦中惊醒过来。

大树环顾四周，睡意还未退去，它们第一个念头就是："谢天谢地，只是梦一场！夏天还没到，我们没有睡过头。"

但是，当她们细细地观察，便发现溪中的冰已经融化，草叶与番红花从泥土中探出头来，她们还感到汁液开始在树皮下流淌。"不管怎么样，春天来了，"大树说道，"终于醒来了，我们已经睡得够久了，现在该是我们盛装打扮的时候了。"

桦树迅速地长出淡绿色的叶子，枫树的叶子如绿色的花朵，杨树的叶子打着卷儿，还没有长成，看起来不太美观。但是柳树的叶子脱去芽蕾，从一开始就光滑而美丽。

格特鲁德边走边想，不觉间脸上挂着微笑。她特别想与英格玛独处，这样就可以把自己所有的想法告诉他。

距离英格玛农场还有很长一段路——大约要走上一个多小时。他们沿着岸边走，格特鲁德一直走在众人后面。她又开始对落日红霞浮想联翩，此时夕阳的余晖时而在河面上闪耀，时而在河滩上闪烁。灰白色的桤木和绿色的桦木被微光笼罩着，一会儿闪着红光，一会儿又呈现出它们自然的色调。

突然，英格玛停下脚步，与伙伴们的讲话也戛然而止。

"怎么了，英格玛？"贡希尔德问道。

英格玛脸色苍白，站在原地凝视着眼前的景色。其他人看到的只是一片覆盖着谷地的广阔的平原，四周被连绵的丘陵环绕，以及平原中央那个大农庄。那一刻，落日的余辉映在农庄上，所有的窗玻璃都在闪闪发光，古老的屋顶和墙壁上也闪着明亮的红光。

格特鲁德匆匆瞥了一眼英格玛，迅速地走到其他俩人身边，把他们拉到一旁。

"你们可别问这附近的事，"她压低了声音说，"远处就是英格玛农场。自从英格玛失去自己的家产之后，他已经两年没有回家了。现在他难免会触景伤情。"

此时，他们走的这条路，要穿过农场才能到大力英格玛的小屋，他的小屋在森林边缘。

不一会儿，英格玛跑上来，说道："我们走另一条路好不好？"然后，他带着大家走上一条小路，这条路会绕到森林边缘，不用穿过农场抵达小屋。

"我想你一定认识大力英格玛吧？"加布里埃尔问道。

"哦，当然，"年轻的英格玛回答道，"我们从前是好朋友呢。"

"他果真懂魔法吗？"贡希尔德问道。

"哦——不！"英格玛犹豫地答道，自己也半信半疑。

"你知道什么，给我们讲讲吧。"贡希尔德坚持说道。

"老师告诉我们不要相信这样的谣传。"

"老师不能阻止别人所见所想。"加布里埃尔宣布道。

英格玛想给他们讲讲自己的家，眼前所见让他儿时的记忆一一浮现。"我就把我亲眼见过的给你们说说吧。"他说道。

"事情发生在一个冬天，我的父亲和大力英格玛在森林里烧窑。那时圣诞节将至，大力英格玛提出自己照顾窑炉，好让我父亲回家过节。圣诞前一天，母亲让我去森林里给大力英格玛送去一篮好吃的。为了在午饭前赶到，我很早就起身出发了。我到的时候，正赶上父亲和大力英格玛烧好一窑，木炭铺在地上降温。地上冒着烟，木炭较厚的地方很容易起火，这是需要小心提防的。在整个制作木炭的过程中，防火是最关键的一步。所以，父亲一看到我来了就说：'小英格玛，恐怕你得自己回家了。我不能留下大力英格玛一个人做这些事。'大力英格玛从浓烟处走过来。'你回去吧，大英格玛，'他说道，'比这更糟糕的情况我都能应付。'过了一会儿，浓烟渐渐退去。'我看看布丽塔让你送来什么圣诞大餐。'大力英格玛说道，把篮子接了过去。'来，跟我去看看我们住的地方。'于是，他把我带到他跟我父亲住的小木屋。木屋的一面墙是用粗劣的石头砌成，另外几面墙是由云杉和黑刺李的树枝堆成的。'小伙子，想不到你爸爸在森林里还有这么一座宫殿吧？'大力英格玛说，'住在这儿就不怕外面的狂风与寒霜啦！'他笑道，伸出胳膊整理了一下墙面的树枝。

　　"不一会儿，父亲笑着走进来。他和老人都被煤烟熏黑了，浑身散发着酸木炭的味道。但我从未见过父亲如此快乐。他们两个在屋里都站不直，屋里只有两张用云杉树枝搭成的床。他们用几块较平的石头垒成炉子，在上面生了火。尽管环境恶劣，他们却自得其乐。他们并排坐在一张铺位上，打开篮子。'我不知道应不应该让你吃这些食物，'大力英格玛对我的父亲说，'因为这是我的圣诞晚餐，你知道的。''今天是平安夜，你得对我好点儿。’父亲说。‘我想在这个时候让一个可怜的烧炭老头挨饿是万万不行的。’大力英格玛接着说。

"他们吃饭的时候总是这样。母亲送的食物里还带了一点白兰地。让我惊讶的是，他们能这样有说有笑地用餐。‘你得告诉你妈妈，是大英格玛吃光了所有的东西，’老人说，‘她明天还得多送点过来。’‘我知道了。’我说。

"就在这时，我被壁炉里的噼啪声吓了一跳。那听起来就像有人往石头上扔了一把鹅卵石。父亲没有注意到，但大力英格玛立刻说：‘怎么，这么快？’但他还是继续吃。接着是更多的噼啪声，这次声音大得多。现在听起来好像有一锹石头被扔进了火里。‘好吧，好吧，这么急！’大力英格玛叫道。于是，他起身走出去。‘木炭起火了！’他朝屋里喊了一句。‘但你不用过来，大英格玛，我能应付。’于是，我跟父亲安静地坐在屋里。

过了一会儿，大力英格玛回来了，屋里又充满了欢乐。‘有好几年，我没过过这么快乐的圣诞节了。’他笑道。他刚把话说完，外面又响起噼里啪啦的声音。‘怎么，又来了？我可不怕！’他立刻飞奔出去。木炭又烧着了。当老人第二次回来时，父亲对他说：‘现在我相信你一个人也可以干好这里的活儿。’‘是的，你可以放心地回家过圣诞节了，大英格玛，我会料理好一切的。’然后，父亲和我回家了，一切都很顺利。而且，无论在此之前还是之后，只要有大力英格玛在，窑炉就没发生过一起火灾。"

贡希尔德感谢英格玛讲了这样一个故事。但格特鲁德一言不发地继续走着，好像吓坏了似的。天色暗了下来，刚才看起来那么美好的一切，现在都变得暗沉沉的。森林里随处可见闪着光的叶子，叶片在暮色中散发的光亮就像一只巨怪的红眼。

格特鲁德很惊讶，英格玛讲了一个这么长的故事。自从走到他家附近，英格玛就像完全变了一个人，他的头抬得更高了，步伐也更坚定了。格特鲁德不喜欢这种变化，这让她不安。于是，她鼓起勇气，嘲笑起英格玛回家参加舞会这件事。

终于，他们走到一间灰色的小木屋前。屋里点着烛光，窗户太小，外面的光线不容易进去。他们听到小提琴声和舞步声。女孩们停住脚步，充满好奇。"是这儿吗？"她们问道，"会有人在这里跳舞吗？这屋子看起来太小了，连一对夫妇都容不下的样子。"

"进去看看，"加布里埃尔说道，"也许屋里不像外面看起来这么小。"

门开着，一群少男少女跳舞之后容光焕发，女孩们用头巾给自己扇风，男孩们脱去黑色短夹克，跳舞时露出亮绿色的马甲与红袖。

新来的几个年轻人奋力穿过人群，走进木屋。他们一眼就看到了大力英格玛——一个矮小的胖老头，他的头很大，胡子很长。

"他跟精灵和巨兽一定有关系。"格特鲁德想。这位老人站在壁炉边拉小提琴，这样可以不影响跳舞的人们。

小木屋的里面要比外面看起来大，但是屋里破破烂烂的。光秃秃的松木墙被虫子侵蚀得残破不堪，在浓烟的笼罩下屋里的光线很暗。窗子两边没有挂窗帘，桌子上也没有台布。显然，大力英格玛一个人住在这里。他的孩子们早就离开他去美国了。能给老人的独居生活带来乐趣的，就是这些年轻人每逢周六晚上来这里参加舞会，这时老人可以拉着小提琴给他们伴奏。

木屋里光线幽暗，空间小得令人窒息。一对又一对的舞者在这狭小的空间里旋转。格特鲁德觉得透不过气来，想马上离开这里，但是重新穿过这密集的人群走到门口几乎是不可能的。

大力英格玛的演奏一向准确流畅，但是当他看到年轻的英格玛来到这里时，琴弦碰到了琴弓，发出刺耳的声音，这令所有舞者都停下舞步。"没事，"他喊道，"继续跳起来！"

英格玛伸出胳膊搂住格特鲁德的腰，带她进入舞池。格特鲁德似乎对他要跳舞的举动感到非常惊讶。但是他们哪儿也去不了，因为跳舞的人一个挨着一个，如果一开始没有占好位置，谁也别想挤进去。

老人停顿片刻，拿琴弓敲打着炉围，并用命令的声音说道："只要在我的小屋里跳舞，一定要给大英格玛的儿子留出位置。"

每个人都转过身盯着英格玛看，这让小伙子非常尴尬，整个人僵在那里。格特鲁德只好拉着他勉强跳了一圈。

一曲舞蹈结束后，小提琴手马上走过来跟英格玛打招呼。他关切地握着英格玛的手，又马上松开。"上帝啊！"他惊呼，"这双细嫩的手跟老师的手一样，可得精心呵护啊！我这双粗糙的大手别把它们捏坏了。"

他把年轻的英格玛和他的朋友带到餐桌前，本来有几个老妇人坐在那儿观看跳舞，他赶走她们。这时，他走向食品柜，从里面拿出面包、黄油和根汁汽水。

"本来，在我的小屋里跳舞，我是不准备点心的，"他说道，"只要有音乐，能在这里跳舞，他们就很满足了。但是英格玛·英格玛森家族的人得在我的小屋里吃点东西。"

老人拉过一张三条腿的小板凳，他坐在英格玛面前，盯着他看。

"所以，你想做一名老师，对吗？"他询问道。

英格玛合上眼睛，过了一会儿，一缕微笑悄悄爬上嘴角，但他的回答却充满惆怅："他们根本不需要我在家里做事。"

"不需要你？"老人大叫起来，"你不知道，用不了多久农场就会需要你。埃洛夫只活了两年，谁知道哈尔沃能活多久？"

"哈尔沃身体强壮而且是个热心肠的人。"英格玛提醒老人。

"你必须知道。只要你有钱赎回农场，哈尔沃就必须把农场交由你管理。"

"现在英格玛农场已经在他手上，傻子才会交出来。"

交谈中，英格玛坐在那里，手一直抓着桌子的一角。突然，咔嚓一声，什么东西断了。原来，是英格玛折断了桌角。"如果你当了老师，他就不会再把农场交给你了。"老人继续说道。

"你是这样想的？"

"想想吧，你是怎么长大的，你犁过地吗？"

"没有。"

"照看过窑炉或者砍过松树吗？"

　　英格玛看似平静地坐在原处，但是桌角在他的指间碎裂了。老人终于注意到了这点。

　　"看看，你干了什么，年轻人！"他马上说道，"我应该再抓起你的手。"他拾起从桌子上掉下的碎片，努力拼回去。"你这个小坏蛋！你应该去市场转转，学着赚钱！"他笑道，在英格玛肩上重重拍了一下，然后又说道："哦，你将来一定会是个好老师，一定会！"

　　转眼间，他又回到壁炉旁拨弄琴弦。这次他的琴声更加优美。他用脚点着节拍，示意舞者跳起来。"这是为年轻的英格玛准备的波尔卡舞，"他大喊道，"为了英格玛，让我们跳起来吧！"

　　格特鲁德和贡希尔德是两位漂亮的姑娘，每首曲子都有人邀请她们跳舞。英格玛没怎么跳舞，而是站在屋子的另一头与一些年长者聊天。舞曲间歇的片刻，总有一些人围在他身边，好像只要看看他，就是一件很荣幸的事。

　　格特鲁德觉得英格玛早把她忘了，这让她很难过。"现在他觉得自己是大英格玛的儿子，而我只是老师的女儿。"她噘着小嘴想道。她也很奇怪自己为什么会把这种事放在心上。在舞曲间歇的片刻，一些年轻人走到外面透气。夜晚一片漆黑，刺骨的寒冷。没人愿意此刻回家，他们都说："我们最好等一会儿，等月亮出来，现在回家的路太黑了。"

　　这时，英格玛与格特鲁德也来到屋外。老人跟出来，把男孩拉到一旁。"来，给你看些东西。"他说。他拉着英格玛的手，穿过一片灌木，把他带到距离小木屋不远的地方。"站好了，往下看！"他说道。英格玛低下头，看到一条裂缝。透过缝隙，他看到亮闪闪的东西。"这一定是朗福斯激流。"年轻的英格玛说道。

"你说得对，"老人点头说道，"那你认为这样的瀑布能做些什么呢？"

"可以借此地势建造一间锯木厂。"英格玛若有所思地说道。

老人大笑，拍拍英格玛的后背，朝他的肋骨上戳了一下，差点把他推进激流中。"但是谁来建厂？谁会变得有钱，谁能赎回英格玛农场？"他笑着说。

"我也想知道。"英格玛说。

于是，老人把自己酝酿已久的计划和盘托出：英格玛回去说服蒂姆斯·哈尔沃在瀑布下建锯木厂，然后租给他。多年来，这位老人一直梦想着让大英格玛的儿子来到自己的小木屋，英格玛站在原地低头静静地看着湍急的流水。

"来，我们回去跳舞吧！"老人说道。但是英格玛不为所动，他可不想表现出迫切的样子。"就算他说得对，自己也不能在今天或明天就给他答复，"他暗自提醒自己，"英格玛森家族的人需要时间思考。"

他们站在那里，忽然听到一声尖锐而愤怒的吠叫，好像森林里有野狗在乱跑。

"你听到了吗，英格玛？"老人问道。

"是的，一定是狂奔的野狗。"

他们听到犬吠声越来越清晰，离自己越来越近，那头野兽好像是朝向小木屋的方向跑去了。老人抓住英格玛的手腕。"快走，孩子！"他说道。"快回到屋子里，越快越好！"

"发生什么事了？"英格玛惊讶地问道。

"进屋我再告诉你！"

他们往小木屋跑的时候，那愤怒的叫声似乎越发靠近了。

"那是什么样的狗？"英格玛问了几次。

"进屋，快点进屋！"老人把英格玛推进狭窄的过道。关门之前，老人朝门外大喊："还有没有人在外面，快点进屋！"他站在门口扶着门，人们从四面八方往屋里跑。"快点进来，快点进来！"他朝大家喊道，焦急地跺着脚。

人们回到屋里后，变得紧张不安。他们都想知道出了什么事。老人确定每个人都在屋里之后，立即关上门，上好门栓。

"你疯了吗，让我们跑来跑去，只因为听到山狗的叫声！"此时，犬吠声贴着门口传进来，山狗好像在围着木屋一圈一圈地跑，发出可怕的号叫。

"难道那不是山狗吗？"一个年轻的农夫问道。

"如果你愿意，可以出去看看，尼尔斯·扬森。"

所有人都默不作声，听着发出这般号叫的东西围绕着屋子呼呼不停地转圈。那声音令人毛骨悚然。屋里的人吓得浑身直哆嗦，有些人吓得脸色惨白。现在，谁都知道外面可不是一只普通的"狗"。他们觉得那一定是从地狱里跑出来的恶魔。

这个小老头是唯一在屋里走动的人，他关上烟道，准备掐灭烛光。

"不，不！"有些女人喊道，"别熄灭烛光！"

"为了大家的安全，我必须这样做。"老人说道。

其中一个女孩抓住老人的衣襟，问道："山狗很危险吗？"

"危险的不是它，是接下来发生的事。"

"接下来会发生什么？"

老人侧耳倾听，然后说道："现在，我们必须保持安静。"

屋里马上变得鸦雀无声。那可怕的号叫似乎还在木屋周围，但声音渐渐模糊，好像穿过沼泽，朝山谷另一侧的山脉奔去。接着是一片让人不安的寂静。这时，有人熬不住了，说山狗已经跑远了。

英格玛一言不发，举起手朝那人的嘴打了一拳。

这时，从遥远的克莱克山顶传来一阵刺耳的声音，像哀号的风，又像长鸣的号角。这次的吼叫时不时地拖着长音，而后的咆哮声、踏地声和鼻息声接踵而至。

突然，那东西发出可怕的轰隆声，从山上俯冲下来。人们能听出它什么时候到达山脚，什么时候掠过森林的边缘，什么时候在屋顶盘旋。那声音如惊雷响彻大地，整座山好似瞬间陷入谷底。当它周旋在木屋四周，每个人都埋下自己的头。他们心里在想："它会压垮我们，它一定会压垮我们。"

然而，令人们感到恐惧的与其说是死亡，不如说是携众多恶神而来的"黑暗王子"。最令人畏惧的是它那具有穿透力的尖叫与嘶鸣声。那声音呜呜吱吱，混杂着哀号与呻吟、狂笑与怒吼。人们感到一场猛烈的雷暴就要来临，这震耳欲聋的声音仿佛是多重声响的混合：呻吟与咒骂纠缠在一起、呜咽与怒喊争持不下、号角的轰鸣声、火焰的噼啪声、亡灵的恸哭声、恶魔的讥笑声和巨大翅膀的拍打声混杂在一处……

人们认为那天晚上是地狱恶魔在肆意发泄愤怒，这种邪恶的力量会击垮大家。大地在颤抖，小木屋也跟着摇晃起来，好像就要倒塌了似的。野马似乎在屋顶奔腾，号叫的恶鬼好像就要冲破房门，猫头鹰和蝙蝠用翅膀拍打着烟囱。

当这一切发生之时，有人用一只手臂揽住格特鲁德的腰，拉她低下身子。格特鲁德听到英格玛小声对她说："我们得跪下来，格特鲁德，祈求上帝的庇护。"

在这之前，格特鲁德觉得自己就要死去了，被恐惧震慑的感觉太糟糕了。"我不怕死，"她想，"让人感到折磨的是恶魔在头顶盘旋。"

然而，当格特鲁德感受到英格玛的保护之后，她的心马上又剧烈地跳动起来，之前那种四肢麻木的感觉消失了。她紧紧地依偎在英格玛身旁，不再感到害怕。这种感觉太好了！英格玛也一定很恐惧，但他竭力保护她，带给她安全感。

终于，这可怕的声音消失了，只是隐约从远处传来些回音。这些声音似乎跟随着山狗的足迹，穿过沼泽，爬上山峰，越过了奥拉夫顶峰。

然而，大力英格玛的小屋里还是一片寂静，没有人敢轻举妄动。恐惧震慑了所有人，偶尔有人会发出一声沉重的叹息。过了好久，人们还是屏住呼吸，不敢活动。有些人靠墙站着，有些人坐在长凳上，但大多数人跪在地上焦急地祷告。他们都被吓坏了。

就这样，在这间小木屋里，人们挨过了一个又一个小时。在这段时间里，很多人在灵魂深处做着检讨与反省，决意重新做人——皈依上帝，远离恶魔。每个人都觉得："一定是我做了错事，才有今天的责罚。这一切皆因我的罪孽。我能听到恶魔出动时，它们是如何一声声呼唤我、威胁我。"

至于格特鲁德，她唯一的念头就是："现在我知道了我不能失去英格玛，我一定要跟他在一起，因为只有他能带给我信心。"

天色渐明，微弱的晨光溜进小木屋，让一张张惨白的脸显露出来。鸟鸣声此起彼伏，大力英格玛养的牛开始哞叫着要吃食，猫也跑到门口喵喵叫。从前只要有舞会，这只猫从来不在家过夜。但是，屋里的人还是不敢活动，直到太阳爬上东面的山坡，人们才一个个走出木屋。他们走得很仓促，连一声告别都没有说。

准备起程的客人们走到屋外，看到了昨夜灾情后的惨状：一棵巨大的松树被连根拔起，撅倒在地，树枝、栅栏散落在各处，墙脚堆着蝙蝠与猫头鹰残碎的尸体。

在通往克莱克山的宽阔道路上，两旁的大树被摧残得东倒西歪。这幅图景简直让人无法忍受，人们匆匆踏上回家的路。

这是一个周日。大多数人还在睡梦中，只有少数人起床照料他们的牲畜。一位老汉从屋里出来，拿着周日做礼拜的衣服，掸掸灰尘，晾晒一番。另一间房子，一家人——爸爸、妈妈、孩子们穿戴整齐，准备外出游玩。看到人们照常生活真是莫大的欣慰，这些人对昨晚发生的可怕的一切一无所知。

最后，这几个年轻人走到居民较少的小河边，从那儿进了村子。他们很高兴能见到老旧的教堂和其他熟悉的事物。看到一切如故，他们都很安心：商店门前挂起的布告板还是吱吱作响；邮局的喇叭还在老位置上，客店老板的狗还是喜欢在狗舍外睡觉……他们还惊奇地发现，一小丛鸟浆果一夜之间开满了花，牧师花园里的绿凳子一定是昨天深夜才放在那儿的……所有这一切都让人感到欣慰。但是，直到回到各自的家，他们才敢说话。

格特鲁德站在学校门前的台阶上，对英格玛说："这是我最后一次跳舞了，英格玛。"

"我也是。"英格玛郑重地宣布。

"你会成为一名牧师，是吗，英格玛？如果不是牧师，你至少会做一名老师吧。这世界上恶魔太多，需要有人与之作战。"

英格玛奇怪地看着格特鲁德，问道："那些声音跟你说了什么？"

"它们说我陷在罪恶之网中，魔鬼将会带走我，因为我喜欢跳舞。"

"现在，我得告诉你我听到了什么，"英格玛说，"好像所有英格玛森家族的长者都在威胁和诅咒我，因为我不想做农民，不想耕地，不想在林中烧窑。"

海尔干

　　在大力英格玛的小屋举办舞会的那天晚上，蒂姆斯·哈尔沃并不在家。他的妻子卡琳一个人睡在客厅外的卧室里。夜里，卡琳做了一个可怕的梦，梦见埃洛夫还活着，正在举办一个盛大的狂欢派对。她听见他在隔壁房间碰酒杯，狂笑，唱着下流的歌。在梦里，埃洛夫与他的狐朋狗友越来越吵，最后他们摔起桌椅。卡琳被吓得醒了过来。然而，她醒后发现这巨大的声响还在继续。大地在颤抖，窗棂咯咯作响，屋顶的瓦片开始松动、散落，在山墙处的老梨树用它的枝干猛烈地敲打着房屋。那情景就像末日审判。

　　这种响声达到顶峰时，一片窗玻璃被弹了出来，玻璃碎片散落一地。一股强劲的风从屋外长驱直入，卡琳觉得自己又听到那种笑声——在梦里出现过的笑声。她想象着自己可能要死了。她从未这样恐惧过，她的心脏停止了跳动，浑身僵硬，如冰块一般寒冷。

　　忽然，喧闹声消失了，卡琳也恢复了知觉。夜风刺骨，卡琳打算起身，拿东西堵住破损的窗户。可是当她下床时，双腿瘫软无比，她发现自己不能走路了。她没有喊人过来帮忙，而是重新躺下。"我需要再冷静一下，过一会儿就好了。"她想。过了一会儿，她又做了一次尝试，这次她的腿还是没有力气，整个人跌倒在床边的地板上。

　　早上，里屋的人起床收拾房间，才发现这一切。医生马上赶了过来，但他也说不清卡琳这是怎么了，因为她既没有生病，也没有瘫痪。他只能说卡琳目前的状况是由恐惧造成的。

"用不了多久，你就会好起来的。"医生安慰她道。

卡琳听完医生的话，什么也没说。她认定那天夜里一定是埃洛夫回来了，才导致她不能走路。她还有一种预感，自己永远也不能下床了。

整个早上，卡琳都坐在床上，冥思苦想。她试图为上帝给她的惩罚找个理由。她将自己的德行痛彻地审视一番，认为自己并非品行不端，不应受此惩罚。"上帝待我不公。"她觉得。

那天下午，她被带去斯托姆的宣教屋，一个叫达格森的业余牧师在讲台上布道。她希望这个人能告诉自己她为什么遭到如此的责罚。达格森的演讲很受欢迎，但他没想到那天下午会有那么多听众赶来听他布道。天哪，这是有多少人聚集在这间宣教屋啊！每个人都在谈论一件事——就是那天晚上在大力英格玛小木屋外发生的怪事。整个教区都陷入恐慌之中，这种恐慌转变成一股力量，让人们聚集在一起聆听上帝之语，以消除他们的恐惧。大约有四分之一的教众无法挤进屋里，宣教屋的门窗大开，达格森声如洪钟，外面的人听得一清二楚。他当然知道发生了什么事，人们想听什么。他开篇就用恐怖的语言描述了地狱和黑暗王子。这使人们想起恶魔，他们埋伏在黑暗中，设下网罗，伺机夺取人的灵魂。人们似乎看到了一个充满恶魔的世界，魔鬼引诱他们走向毁灭。周围险象环生，人们在陷阱中徘徊，像森林里的小动物一样被追捕着、折磨着。达格森布道时的声音像劲风，言辞如火舌，回荡在整个房间。

所有人都把达格森的布道比作喷涌而出的火焰。当他谈到恶魔、烈火和浓烟时，人们觉得自己好像被困在燃烧的森林中，火舌在脚下的苔藓上蔓延开来，烟雾弥漫在空气中，头发被烧焦，火焰的怒吼钻进人们的耳朵，飞溅的火星点燃身上的衣服。

就这样，达格森带领着人们突破烈火与浓烟的围堵。火舌在前方拦截，在后方追击，在左右围堵……在克服了所有的艰难险阻后，达格森终于带领大家来到一片绿色的丛林中，这里环境宜人，静谧祥和。在草坪中央鲜花盛开处，耶稣基督端坐在那里，朝着流亡者们展开双臂，人们俯身在耶稣脚边。现在所有的危险都已经过去，人们不再受苦难折磨。

达格森仿佛在讲述自己的感受，好像他就俯身在上帝的脚边，感到了无比的平和，不再害怕人间的险恶。

仪式结束后，人们情绪激动。很多人冲上讲台，泪流满面地感谢达格森。他们说这些布道词唤醒了自己对上帝的真切信仰。但是卡琳却无动于衷。达格森结束演讲时，卡琳抬起沉重的眼皮看着他，好像在谴责他没有给自己带来什么启示。这时，有人在外面大喊一声，声音大到整个教区都能听到：

"悲哀啊，悲哀，得非所求！悲哀啊，悲哀，得非所求！[1]"

屋里的人听到这些话，纷纷跑了出去，想看看是谁说的。卡琳因为行动不便，无助地坐在原处。不久，她的家人回来，告诉

1　该句化用的是《圣经·新约·马太福音》7：9 "悲哀啊，悲哀，众人求饼，却被投之以石！"

她大声说话的人是一位身材高大、皮肤黝黑的陌生人。他与一位漂亮的金发女郎在众人做礼拜时乘着马车沿路而来，他们停下来聆听。就在准备离去时，男人突然起身，说出那些话。有村民认出了车里的女郎，他们说她是大力英格玛的一个女儿——去了美国，并在那里结了婚。那男人显然是她的丈夫。要认出她挺不容易的，她离开之前还是乡下打扮的小姑娘，如今却是穿着时髦的成年女郎。

对于达格森的布道，卡琳的看法同这个陌生人是一样的。卡琳没有再去过宣教屋。但是夏末的时候，有一个浸礼教的平信徒来到教区洗礼与劝诫，她去听了。救世军来村里办集会，她也去参加了。

整个教区处在宗教巨变的阵痛之中。在这些集会中，觉醒与皈依常常发生。人们似乎找到了各自的追求。然而，卡琳却没有从这些布道中寻找到任何安慰。

比戈尔·拉尔森在公路旁有一间铁匠铺，铺子又小又暗，门房很低，窗户上有孔隙。比戈尔·拉尔森会制造刀具、修锁，给轮子和雪橇滑板加轮胎。空闲的时候，他还会锻造钉子。

一个夏日的晚上，铁匠铺里的人忙得不可开交。比戈尔·拉尔森在一块铁砧前平整钉头；大儿子在另一块铁砧前锻造铁杆，然后切割钉腿；二儿子负责拉风箱；三儿子把煤装进锻造炉，翻动钢板，等钢板烧红时交给铁匠锻造；小儿子还不满七岁，他负责收集钉子，然后把它们扔进装满水的水槽中，最后捆扎在一起。

　　他们都忙得热火朝天，这时一个陌生人站在门口。他个子很高，皮肤很黑，要把身子弯到一半才能往屋里看。比戈尔·拉尔森抬眼看看男子，想知道他需要什么。

　　"我想你不会介意我往屋里看吧，我其实没什么事，"陌生男子说道，"小时候，我在铁匠铺做过活，所以一遇到铁匠铺就免不了往里看看。"

　　比戈尔·拉尔森注意到，这个人有一双强壮有力的大手——通常铁匠的手才是这个样子的。他马上询问这个陌生男人的来历。这个人很愉快地接了话，但是并没有透露自己的身份。比戈尔觉得这个人既聪明又和善，便带着他在店里转了一圈，然后到外面跟他夸赞起自己的儿子们。他说自己有过一段艰难的日子，那时候孩子们还小，不能帮什么忙。现在他们都能出力了，一切都很好。"过几年，我也能过上有钱人的生活。"他说道。

　　陌生人微笑着说，他很高兴听到比戈尔的儿子们都成了他得力的助手，并用大手拍拍比戈尔的肩膀，直视对方的眼睛说道："既然你的儿子在生活方面能给你这么大的帮助，为什么不让他们在精神方面帮帮你呢？"比戈尔呆望着对方。"我知道你以前没有想过这些，"陌生人补充道，"好好考虑一下，下次我们碰面时再说。"然后，陌生男人微笑着离开了。比戈尔·拉尔森挠挠头，回到铺子里。但是，这个陌生人的话一直萦绕在他的脑海中。"我想知道他为什么说那样的话？"他想，"我一定有些东西没有弄明白。"

在陌生人与比戈尔·拉尔森攀谈之后，蒂姆斯·哈尔沃的旧杂货铺里也发生了不同寻常的事。自从哈尔沃与卡琳结婚以来，这个杂货铺便交给布莱·冈纳尔打理，也就是他的连襟。冈纳尔不在的时候，则由布丽塔·英格玛森看着店铺。布丽塔的名字取自她的母亲，也就是大英格玛漂亮的妻子，她继承了母亲的美貌。自打降生，她就是英格玛农场里最漂亮的女孩。尽管在长相上她跟英格玛森家族没有共同之处，但她同样继承了家族善良正直的品质。

冈纳尔不在家的时候，布丽塔常常以自己的方式经营小店。不管何时，只要下士费特尔醉得跌跌撞撞来到店里，要买一瓶啤酒，布丽塔一定会斩钉截铁地说一声："不卖！"当贫穷的莉娜来到店里想买一只漂亮的胸针，布丽塔常常会把她送回家，并带去几磅黑麦粉。当农妇来到店里买轻薄的布料，布丽塔总是告诉她们回家用织布机纺织适宜而耐用的衣料。而且没有孩子敢在布丽塔看店时，花钱买糖果或者葡萄干吃。

这一天，布丽塔的店里没有什么客人。她已经一个人坐在店里几个小时了，她盯着这空荡荡的店铺，眼里充满了绝望。过了一会儿，她起身拿了一条绳子，把店铺里的移动步梯搬到后屋。她在绳子的一头打了套索，把另一头系在天花板的钩子上。就在她准备把头伸进套索里的时候，她无意中朝下面看了一眼。

这时门开了，走进来一个皮肤黝黑的高个子男人。显然，他进店的时候没有引起布丽塔的注意，他发现没有人在柜台接待，就开了后屋的门，走了进来。

　　布丽塔从步梯上走了下来。男人没有说话，而是退回到店铺前台，布丽塔缓缓地跟着他。她以前从未见过这个人。她注意到这个人有一头黑鬈发，大络腮胡，目光敏锐，双手粗壮。他的穿戴很讲究，举止却像个工人。他坐在门口一张摇摇晃晃的椅子上，盯着布丽塔看。

　　此时，布丽塔已经站在柜台后面。她没有问来者要买什么，只是希望他赶快离开。这个人却只是盯着她看，目光一刻也不肯离开。布丽塔觉得自己被这种目光震慑住了，动弹不得。现在，她有点不耐烦了，在心里嘀咕道："你坐在这里看着我有什么用呢？难道你不明白？只要你一离开，我就可以做我想做的事。这是解决问题的唯一办法，"布丽塔在头脑中辩论起来，"我不介意你阻碍我的计划，但这是无济于事的。"

　　男人一直目不转睛地看着她。

　　"让我告诉你吧，英格玛森家族里就没有适合做生意的人！"布丽塔继续在心中暗暗地说道，"你不知道，接手店里的生意之前，冈纳尔与我是多么幸福。村民们都不同意我嫁给他。他们不喜欢他黑色的头发、锐利的眼睛和善辩的舌头。但我们彼此相爱，知道吗，在开店之前我们从未吵过架。但开店以后，我们的生活就不太平了。我希望他以我的方式开店。我不能接受他把白酒卖给醉汉。在我看来，他应该鼓励人们去买必需品。但冈纳尔觉得我的想法很可笑。我们俩都不愿意让步，所以争吵个不停，现在他根本不在乎我的想法。"

　　她恶狠狠地瞪着这个男人，很惊讶他为何对这种无声的恳求无动于衷。

"你一定能明白我无法生活在这种耻辱之中，当我知道冈纳尔要求法官没收穷人的财产，并夺走他们唯一的牛羊时，我失望透顶！你难道不明白这样做是不对的吗？你为什么不离开，好让我了断这一切！"

在这个男人的注视下，布丽塔的思绪渐渐稳定，轻声啜泣起来。她被这个陌生人的守护与陪伴感动了。

这个人看到布丽塔哭起来，便起身走向门口。然后，他在门口处转身，看着布丽塔的眼睛，用低沉的嗓音说："不要再做伤害自己的事，时间已经临近，你盼望的正直的生活，就要来临了。"

说完，他就走了。她能听到他踏在马路上沉重的脚步声。布丽塔跑到后面的小屋里，取下绳子，搬回步梯，然后又坐在之前冥思了两个钟头的箱子上。她觉得长久以来自己一直在黑暗中徘徊，连自己的双手都看不清。她迷失了方向，不知道自己会飘向何方，她每一步都走得胆战心惊，害怕自己陷入泥潭，或一头跌入深渊。现在有人告诉她不必远足，而是坐下，等待黎明。这让她感到很高兴，庆幸自己不必涉险前行。现在她只需安静地坐下来，等待光明了。

大力英格玛有一个女儿，叫安娜·丽萨，住在芝加哥好几年了。她嫁给了一个名叫约翰·海尔干的瑞典人，此人是一小群虔诚教徒的领袖，他们有自己的信仰和准则。在那个难忘的舞会之夜的第二天，安娜·丽萨和她的丈夫便回到家来看望她的老父亲。

海尔干在教区里散步打发时间，结交偶遇的路人。起初，他只是跟这些人聊些家常，但在分别之前，他会把自己的大手放到对方的肩膀上，然后说一些安慰或是告诫的话。

大力英格玛与他的女婿接触并不多。因为那年夏天，老人与年轻的英格玛忙着在瀑布下建造锯木厂，此时英格玛已经回到自家的农场生活。锯木厂竣工时，大力英格玛很骄傲；当第一根原木被吱吱地锯成白色木板时，他更是无比自豪。

一天晚上，老人完工回家，在路上遇到了安娜·丽莎。她看起来神色慌张，想要逃跑。大力英格玛见她这副样子，马上加快脚步。他觉得家里一定发生了什么不好的事情。一入小院，老人便停住脚步，紧锁眉头。自从他记事起，小木屋的外院就有一片玫瑰丛，被他视如珍宝。他不允许任何人摘掉一朵玫瑰，哪怕是一片叶子，因为他觉得这片玫瑰丛是精灵与仙子的庇护所。现在它们被砍光了。这一定是他的女婿干的，就是那个牧师，因为他一直觉得这片玫瑰丛很碍眼。

大力英格玛提着斧子，走进小木屋。进屋后，他抓紧斧柄。海尔干正坐在屋里，翻看面前的《圣经》。他抬起眼睛，严厉地看了老人一眼，然后朗声读道：

"你们说，我们要像外邦人和列国的宗族一样，去侍奉木头与石头，你们所起的这心意万不能成就。主耶和华说：我指着我的永生起誓：我总要做王，用大能的手和伸出来的膀臂，并倾出来的忿怒，治理你们。"[1]

大力英格玛一句话没有说，转身退出了木屋。那天晚上他睡在牛棚里。接下来的日子，他跟英格玛·英格玛森一起去森林里烧窑。俩人一去就是整整一个冬季。

海尔干在祈祷会上做过两三次演讲，他勾勒出自己的教义，并坚称这才是真正的基督教。然而海尔干不如达格森那样能言善辩，他的演说并没有得到多少人的信奉。那些在外面遇到他、听过他讲话的人，对他的演讲抱有很大期待，可他的长篇大论却总让人感到沉重、单调，乏味不堪。

转眼到了夏末，卡琳对自己的情况越发绝望。她几乎不讲话，整天坐在椅子上一动不动。教堂也不去了，她只是待在家里，哀叹自己的不幸。有时，她会跟哈尔沃重复父亲常说的那句话：英格玛家的人不必害怕，我们只按照上帝的旨意行事。现在她竟然连这句话也开始怀疑了，觉得真相并非如此。

有一次，哈尔沃不知道怎么办，劝她跟新来的牧师聊聊。但是卡琳说再也不会求助于牧师。

八月底的一个星期天，卡琳坐在客厅的窗前。整个农场沉浸在安息日的静谧之中。她几乎无法保持清醒，头越垂越低，最后靠近胸膛，不一会儿打起盹来。

忽然，窗外有个声音将她惊醒。她看不清说话的人，但这个

1　语出《圣经·旧约·以西结书》20：32、33。

声音强壮而低沉，她从未听过这样美妙的声音。

"哈尔沃，我知道你无法理解为什么一个没读过书的穷铁匠能够发现真理，而很多体面的读书人却没有。"这个声音说道。

"我不明白你是如何断定的。"哈尔沃问道。

"这是海尔干与哈尔沃的对话。"卡琳想到。她想靠近窗口，却无能无力。

"你知道有这样一句话，"海尔干继续说道，"如果有人扇了我们的左脸，我们要把右脸也给他。我们不该抵抗邪恶，其他类似的事情也一样，我们做不到。如果你无法保护好自己的财产，你的房子和家就有可能被夺，你的土豆和谷物将被偷，然后整个英格玛农场也会被侵占。"

"也许你是对的。"哈尔沃承认。

"然而，我认为基督在说这句话的时候没有什么特殊意义。或许，他只是随便一说？"

"我不知道你说这些究竟是什么意思！"哈尔沃说道。

"现在你需要好好考虑一下，"海尔干继续说道，"我们自认为自己的基督教已经很先进了。现在已无人偷盗、行凶、虐待孤儿寡母，憎恨或迫害邻里的事情也没有了。对我们来说，有这么好的宗教信仰，不会再有人作乱了！"

"但很多事情不像它们应该的那样。"哈尔沃慢吞吞地说道。他的声音有些困倦，无精打采。

"如果你的打谷机此刻出现故障，你一定要找到哪里出了毛病。除非发现问题所在，否则你不会休息片刻。然而，当你看见人们无法过基督教的生活，你不该思考基督教本身是不是出了什么问题吗？"

"我无法想象基督教义会有不妥的地方。"哈尔沃说道。

"不，起初它们没什么问题。但时间久了，就可能由于忽视而生锈啊。就像任何一台完美的机器，哪怕一个齿轮有些松动，无论它有多么细小，机器也会马上停止运转！"

他停了一会儿，像是在寻找恰当的字眼和证据。

"现在我给你讲讲几年前我经历过的一件事，"他继续说，"那是我第一次试图靠传教维持生计。你知道结果怎么样吗？那时我在一间工厂工作。工友们了解我的为人后，常让我分担他们的工作。作为回报，他们夺走了我的工作，而且把别人的偷盗罪栽赃到我头上。我因此被捕，被送进了监狱。"

"一个人通常不会总遇到这么坏的人。"哈尔沃冷漠地回应道。

"于是我对自己说：如果作为基督教徒孑然一身，那一定不是多么困难的事，这样就没有其他人让我费心。我必须承认，监狱里的生活很享受，因为我可以正直地生活，不受干扰。但是过了一段时间，我开始认为，这种独善其身发挥的作用，就好像没有谷物自顾自旋转的研磨机一样。'但上帝把这么多的人放在这个地球上是有他的道理的，'我劝自己，'他一定是出于这么一个想法，即人们应该相亲相爱，互助互利，而非彼此交恶。'我觉得撒旦一定从《圣经》中夺走了些什么，目的是让基督教走向毁灭。"

"但是他的力量不足以做这些啊。"哈尔沃说道。

"是的，他从中窃取了这么一句话：*你们若想以基督之道生活，必须互爱互助。*"

哈尔沃不敢回答，但卡琳赞许地点点头。她听得非常仔细，一字不漏。

"我一出监狱，"海尔干继续说道，"就找到一个老朋友，让他帮我过上正直的生活。当我们两个人在一起的时候，事情变得容易多了。不久，有第三个教友、第四个教友加入我们，生活变得越来越容易，现在我们三十个人共同住在芝加哥的一所房子里。我们利益相同，不吝分享，守护彼此的生命。我们直面公义，不受任何阻碍。我们以基督之道处世，一个兄弟不会滥用其他兄弟的仁慈，也不会践踏别人的谦卑。"

因为哈尔沃依旧保持沉默，海尔干的话显得更有说服力了："你知道，如果有人想做大事，他必须与自己的帮手结成同盟。你没办法独自经营一家农场；如果想开一间工厂，你得组织同伴与你合作；如果你要修铁路，想想你需要多少助手加入其中吧！

"然而，在这个世界上最难的事就是过基督教的生活。你可以独善其身，不借助任何人的力量。或者你从未有过这种打算，因为你知道那样生活太困难了。但是我们——我与芝加哥的那些教友——已经找到了一种方式。我们小小的社区实际上就是从天堂降临的新耶路撒冷。你可以通过这些迹象了解我们：降临到基督教徒身上的圣灵的恩赐，也降临到我们身上。我们当中，有的人可以听到上帝的声音，有的人可以预测未来，有的人可以治愈疾病……"

"你能治愈疾病吗?"哈尔沃急切地插了一句。

"是的,"海尔干回答道,"我能治愈那些相信我的人。"

"让人相信与童年所学有差异的事情是很难的。"哈尔沃若有所思地说道。

"但是哈尔沃,我相信不久你就会全力支持建立新耶路撒冷的。"海尔干宣称。

一阵沉默后,卡琳听到海尔干在说告别的话。

此刻,哈尔沃来到卧室,看到卡琳正坐在敞开的窗口下,他说道:"你一定听到了海尔干说的话。"

"是的。"她回答道。

"你听到他说他能治愈相信他的人了吗?"

卡琳的脸红了一下。整个夏天,最令她振奋的就是海尔干说的话。他的教义合乎情理,且与她的常识吻合。这些教导切实可行,对她而言并非毫无意义的情感主义。然而,她不会轻易坦露自己的想法,因为她已经下定决心不再与牧师有瓜葛,于是,她对哈尔沃说道:"我有父亲的信仰已经足够。"

两周之后,已是入秋,卡琳坐在客厅里。风绕着房屋怒吼,炉火在壁炉中劈啪作响。除了卡琳与一岁多刚学会走路的小女儿,屋里空无一人。小女孩儿坐在地板上挨着卡琳玩耍。

卡琳看着孩子,这时门开了,从外面走进一位身材高大、皮肤黝黑的男子。此人目光锐利,双手粗大。不等他开口说话,卡琳就猜到他是海尔干。

过了片刻，这个人便开口寻问哈尔沃的情况。他得知卡琳的丈夫去参加一个市政会议，不久会回来。海尔干坐了下来。他不时地瞥一眼卡琳，然后说道：

"我听说你病了。"

"我已经有半年不能走路了。"卡琳回答道。

"我想我可以到这儿来给你祈福。"男人主动提出来。

卡琳闭上双眼，避而不答。

"你也许听过，因为上帝的恩典我能治愈病患吧？"

女人睁开双眼，怀疑地看着他。"你关心我的病痛，我不胜感激，"她说道，"但是你可能帮不到我，因为我不是一个容易改变信仰的人。"

"不管怎么样，上帝可能会帮助你，因为你一直正直地生活。"

"恐怕在上帝眼中，我还算不上正直，不能期盼他在这件事上帮助我。"

过了一会儿，海尔干问她是否观察自己的内心，从中找出病痛的根源。"卡琳嬷嬷你是否问过自己，为什么病痛会降临到你的身上？"

卡琳没有回答，她似乎又想逃避。

"上帝此举是在彰显他的荣耀。"海尔干说道。

卡琳因这句话愤怒了起来。她的双颊泛红，觉得自己的病痛只是为了让海尔干有机会展现神奇的能力，他未免太自以为是了。

这时，牧师起身走向卡琳，把他沉重的大手放到她头上，问道："你愿意让我为你祈祷吗？"

卡琳立即感到一股蓬勃的生命力注入身体，但她对这个男人的莽撞非常反感。她推开他的手，举起自己的手，好像要打对方似的。她的愤怒难以言表。

海尔干退到门口处。"任何人都不应该拒绝上帝施与的帮助，而是应该充满感激地接受它。"

"的确如此，"卡琳回应道，"每个人都应欣然接受上帝的安排。"

"记住你说的话！从今天起，救赎降临于此。"这个人大声宣布。

卡琳没有回应。

"当你得到帮助的时候，想想我的话！"他说道。随后，他便离开了。

卡琳坐在椅子上，身子挺得笔直。她脸上的红斑还在发烫。"难道我在家也不得安生吗？"她喃喃自语，"真是奇怪，现在有多少人自认为是上帝派来的使者。"

突然，卡琳的小女儿站起来，摇摇晃晃地朝壁炉走去。孩子被明艳的火光完全吸引住了，她兴奋地高声尖叫，小脚竭尽全力地往前迈。

卡琳命令女儿回来，但孩子根本不听她的话。小女孩这时正试图爬上壁炉。跌落几次后，她终于攀上炉台，而壁炉里正火光闪耀。

"上帝帮帮我！上帝帮帮我！"卡琳大叫道。她喊人帮忙，然而她知道没人听得见。

小女儿在火炉边笑得前仰后合。突然，一团燃烧的炉灰滚了出来，正好落在小女孩黄色裙子上。卡琳瞬间起身，飞奔到火炉边，一把抱过孩子。直到擦去孩子衣裙上所有的火星，确保她安然无恙后，卡琳才意识到她刚才做了什么。她的双脚能动了，她又能走路了，她可以走路了！

卡琳经历了人生中最大的精神震动，与此同时，也感受到莫大的幸福。她觉得自己处在上帝的庇护之下。上帝亲自派圣徒来到她家，鼓励并治愈了她。

那年秋天，海尔干经常站在大力英格玛小木屋的门廊下，欣赏对面的风景。乡村周围的景色日渐美丽：此时大地呈一片金黄色，多叶的树木变成亮红色或亮黄色。周围隐约可见成片的树林，在微风中叶片闪闪发光，如同波涛汹涌的金色海洋。远处的群山布满杉树，在其朦胧的背景下，黄色的光斑隐约可见，它们是扎根于此、迷失在松树与云杉树之间的叶树。

正如一间不起眼的灰色小木屋也会在火焰之中发出耀眼的光，这不起眼的瑞典风景正在阳光下展现出壮丽的奇观。每一处景观都闪耀着金色光芒，一如想象中太阳表面的景色。

海尔干看着眼前的景色，心想时机已到，上帝将令这片土地展现他的荣耀；夏天播下真理的种子，日后定会收获金色的正义果实。

你瞧，一天傍晚，蒂姆斯·哈尔沃到这片小田地来邀请海尔干和他的妻子去英格玛农场了！

一到农场，他们就发现一切都收拾得井井有条。房子周围的桦树枯叶已经清理干净，平时散落在院落中的农具和马车也被收了起来。

"今天一定会有很多到访者。"安娜·丽萨心想。这时，哈尔沃推开前门，他们走进去。

客厅里满是宾客，都坐在靠墙的长凳上，神情庄严。海尔干注意到，这些都是教区里的领头人物。他首先看到荣·比约恩·奥拉夫松和他的妻子，然后是克里斯特·拉尔森和伊斯雷尔·托马森，以及他们的妻子，他们都是英格玛家族成员。此外，他还看到霍克·马茨·埃里克森和他的儿子加布里埃尔，教区议员的女儿贡希尔德，另外还有一些人。这里汇聚了二十多个人。

正当海尔干与妻子同每个人握手问好之时，蒂姆斯·哈尔沃说道："我们聚集在这里，共同思考今年夏天海尔干对我们讲过的话。我们大多数人来自一个古老的家族，我们世代信奉要以上帝的旨意行事。如果海尔干能够帮助我们达成此愿，我们愿意跟随他。"

第二天，这个消息如野火般传遍整个教区，说是在英格玛农场诞生了一个新的宗派，而且是唯一能够传达基督真理的教派。

新的道路

春天来了，不久，雪融化不见了。年轻的英格玛与大力英格玛回到村子里重启锯木厂的活计。他们整个冬天都在森林里度过，伐木烧炭。英格玛回到低地，觉得自己就像熊离开了洞穴一般。他一下子很难适应辽阔的天空中耀眼的阳光，眨着眼好像怕受伤。咆哮的急流与鼎沸的人群也让他一时间难以接受，农场里的各种噪音对他的耳朵简直是一种折磨。同时，他也感到很兴奋，只是没有在言语与行动上表现出来。那个春天，他感觉自己如同桦树上的嫩芽一般充满青春的气息。

哦，对他来说，能够再一次睡在舒适的床上，吃着可口的饭菜，是多么美好的事情！他住在家里，卡琳如同母亲一般，把他照顾得无微不至。她给他订做了新的衣裤，而且只要走进厨房，就总能给他端出美味的食物。他像小孩子一般被宠爱着。他在森林里的那段日子，家里发生了多么神奇的变化啊！英格玛只是对海尔干的故事略有耳闻，但是现在卡琳与哈尔沃亲口告诉他，他们现在的生活有多么幸福，他们的朋友如何互助互爱，依上帝的旨意行事。

"我们相信你也会愿意加入我们的。"卡琳说道。

英格玛说也许如此，但他得先考虑一下。

"整个冬天，我都在盼望你能早点回家，同我们分享这份幸福，"他的姐姐接着说道，"我们现在不在尘世里挣扎求生，而是生活在'从天而降的新耶路撒冷之中！'"

　　英格玛说，他很高兴海尔干就住在附近。去年夏天，这个牧师常常到锯木厂，同英格玛聊天，他们俩成了好朋友。英格玛觉得他是难得一见的好人，他对信仰如此的坚定与自信。有时候锯木厂的活儿比较多，海尔干就会脱下外套，助他们一臂之力。这让英格玛感叹，此人聪明极了，干起活来敏捷利落。只要海尔干离开几天，总会有人盼他快点回来。

　　"如果你跟海尔干聊聊天，我想你一定会加入我们的。"卡琳说道。英格玛也觉得如此，但是少了父亲的肯定，他还是有些犹豫。

　　"但父亲不是教我们要以上帝之道行事吗？"卡琳争辩道。

　　未来似乎充满了光明与希望。英格玛做梦也没有想到，回到人群中会如此令人愉悦。只有一件事让人不安：没有人提起老师、老师妻子，以及格特鲁德，这让他忧心忡忡。他已经有一整年没有见到格特鲁德了。去年夏天，他几乎每天都能听到她的消息，没有一天人们不在谈论斯托姆一家。他想，这段时间没有老朋友的消息只是暂时的。然而，当他羞于询问，又没人主动谈及他最想听到的事情，这就成了对他而言最大的折磨。

　　如果说年轻的英格玛感到愉悦而满足的话，大力英格玛的感受则大相径庭。这位老人近来变得郁郁寡欢，沉默刻薄。

　　"我觉得你一定是想念丛林中的生活了。"英格玛说道。那天下午，他们坐在木桩上吃三明治。

　　"上帝知道我有多么想念，"老人忽然冒出一句话来，"我真希望自己从未回来过！"

"为什么，回到家里有什么不好呢？"

"你怎么能这么问！你跟我都知道，海尔干在这里引起了轩然大波。"

英格玛回答说，他听到的情况刚好相反，海尔干是个了不起的人。

"是啊，他变得越发了不起了，甚至能令整个教区不安起来。"大力英格玛讥讽道。

英格玛觉得很奇怪，老人为何对他自己的亲人从不喜爱。除了英格玛森家族和英格玛农场，老人什么也不在乎。因此，英格玛觉得自己应该为他的女婿说几句好话。

"我觉得海尔干的教义挺不错的。"他说道。

"哦，你这样认为吗？"老人恶狠狠地看了他一眼，厉声说道，"你觉得大英格玛也会这样想吗？"

英格玛回答说，自己的父亲支持一切正直的人。

"你觉得大英格玛会赞同将不皈依海尔干教派的人都称作恶魔或者反基督的做法吗？他会赞同因为坚守自己的传统信仰就要断绝与老朋友来往的做法吗？"

"我觉得无论是海尔干，还是哈尔沃与卡琳，都不会那么做。"英格玛说道。

"那么你试着反对他们一次，这样你马上就能看到他们是怎么对你的了！"

英格玛切了一大块三明治，塞进嘴里，这样他就不用讲话了。大力英格玛的心情不好，他也难过。

"哼！这个世界乱套了！"老人叹了一口气，"你，大英格玛的儿子，坐在这里沉默不语，而我的女儿安娜·丽萨和她的丈夫却在这片富饶的土地上神气活现。这个教区最尊贵的人向他们点头哈腰，每天对他们盛情款待。"

英格玛一直在大口吃着三明治，觉得无话可说。只有大力英格玛自顾自地说下去。

"是啊，海尔干传播的教义很了不起。半个教区的人都在追随他。没有哪个人的影响力能超过他，就连我大力英格玛也做不到。父子因他的教义而分离，因为他宣扬他的信徒不能同罪人一同生活。这就是海尔干，只接受认同，于是兄弟分别，朋友相间，夫妻反目。他利用自己的权力在每个家庭制造纷争。大英格玛看到这些恐怕要乐坏了！他一定会支持这样的海尔干！我能想到他会做些什么！"

英格玛将老人上下打量一番，很想抽身离开。他觉得这个老人已经陷入自己的想象无法自拔，同时为这些话感到沮丧。

"我不否认海尔干创造了奇迹，"老人更正道，"他使人们团结起来，让以前互不来往的人彼此交好，这些都非常了不起。他还把从富人那里得来的财富分给穷人，教导人们要维护自己的权益。我只是为那些不被他接纳的人们感到遗憾，那些被称作魔鬼之子的门外之人。当然，你不会赞同我的想法。"

英格玛已经对老人非常不满了，因为他一直在贬低海尔干。

"以前我们的教区是多么安定和谐，"老人继续抱怨道，"但这已经一去不复返了。在大英格玛还在世的时候，我们享有达勒卡里亚最友善的人民的称号，我们是团结的。现如今，天使与魔鬼征战，绵羊与山羊角力。"

"如果锯片能工作，我就不用听这些恼人的话了！"英格玛想道。

"用不了多久，你我之间也会出现隔阂，"大力英格玛继续说道，"因为如果你成了海尔干的信徒，他们就不会再让你我交往。"

英格玛咒骂着跳了起来。"如果你一直这样喋喋不休，你所说的就会应验！"他警告道，"你应该知道，不管你说什么我也不会厌弃我的乡民，同样我也不会反对海尔干这样伟大的人。"

老人此刻哑口无言。过了一会儿，他放下手头的活，说自己要去村里看看他的朋友费尔特下士。他说自己已经很久没有跟明智的人聊天了。

英格玛很高兴他能离开。一个离家很久的人，当然不喜欢听到让人沮丧的事，而是希望周围的一切明朗而愉快。

第二天早上五点，英格玛就起身来到磨坊。但大力英格玛比他还早。

"今天你能见到海尔干了，"老人说道，"昨晚他和安娜·丽萨很晚回到家。我猜他们一定是在盛宴后急匆匆赶回来，为了今天劝你皈依。"

"你又来了！"英格玛气呼呼地说道。昨晚，老人的话一直在他耳边萦绕，迫使他思考究竟谁是对的。但是现在他不想听到任何诋毁他亲人的话。老人闭口不言，过了一会儿，他咯咯地笑了起来。

"你笑什么？"英格玛问道，他的手放在水闸上，准备让锯木厂开工。

"我想到老师的女儿格特鲁德。"

"她怎么了？"

"昨天他们说，现在村里唯一能说服海尔干的人就是她了。"

"格特鲁德与海尔干有什么关系？"

英格玛没有打开水闸，因为一旦锯片开工，他就什么也听不到了。老人看着他，眼里充满疑惑。英格玛笑了一下。"你总是设法按自己的方式行事。"他说道。

"那个笨蛋贡希尔德，议员克莱门森的女儿，她……"

"她不是笨蛋！"英格玛打断道。

"哦，随便你叫她什么吧。新教派成立的时候，她刚好在英格玛农场。她一回到家就告诉自己的父母，她已经受到真知的洗礼。所以她要离开家，去英格玛农场生活。她的父母问她为什么要离家，她回答说自己要过正直的生活。他们觉得在家也可以如此。但她坚持说那是不可能的，只有信仰相同的人在一起才能做到。她的父亲问，是不是所有人都在英格玛农场生活。她说只有她一个人。其他人的家里也有真正的基督教徒。你知道克莱门森一家人都是好人，他和妻子极尽所能劝说贡希尔德，但她坚定无比。最后，她的父亲愤怒了，把她锁在房间里，不许她外出。直到这股疯劲过去，才把她放出来。"

"我以为你要跟我说格特鲁德的事。"英格玛提醒他道。

"还没说到她呢，你得有点耐心。第二天早上，格特鲁德与斯蒂娜嬷嬷在厨房纺纱，这时克莱门森夫人来访。她们见到她时惊讶极了，因为这位夫人一向愉快开朗，现在她看起来却悲痛欲绝。'究竟发生什么事了？你为什么如此难过？'她们问道。克莱门森嬷嬷回答说，当一个人失去珍爱，她怎么能高兴起来呢。我真想揍他们一顿！"老人说道。

"你说谁？"英格玛问道。

"这还用问，当然是海尔干和安娜·丽萨。他们前天夜里去克莱门森家，拐走了贡希尔德。"

英格玛忽然发出一声惊叫。

"我觉得我的女儿安娜·丽萨嫁给了强盗！"老人说道，"深夜，他们来到贡希尔德的家，敲她的窗子，问她为什么不去农场。她说自己被父母锁起来了。'是撒旦让他们这么做的。'海尔干说道。她的父母听到了这些谈话。"

"他们真的听到了？"

"是的，他们就住在隔壁，两个房间的门半开着，所以他们听到了海尔干是如何诱骗他们女儿的。"

"那他们为什么不赶他走。"

"他们觉得贡希尔德应该自己决定这件事。他们怎么能想到自己的女儿会忍心离开家，他们为她付出了那么多？他们期待她不会抛下老父母不管。"

"最后，她走了吗？"

"是的，海尔干不会让步的，除非女孩跟他走。当克莱门森与妻子意识到她无法拒绝海尔干之后，只好放她走了。你看，有些人是那样的。早上，贡希尔德的母亲后悔了，她恳求丈夫驱车去英格玛农场接回女儿。'没门儿！'他说道，'我绝不会那么做的，而且除非她自己主动回家，否则我不再见她。'于是，克莱门森夫人匆匆赶来学校，希望格特鲁德劝说贡希尔德回家。"

"格特鲁德去了吗？"

"是的，她跟贡希尔德讲道理，但是对方根本听不进去。"

"可我没在家里见到贡希尔德。"英格玛若有所思地说道。

"是啊，那时候她已经回到父母身边了。格特鲁德离开贡希尔德后，碰到了海尔干。'这个人就是罪魁祸首了。'她想着，径直走向海尔干，把对方狠狠教训了一通。她才不怕得罪他呢。"

"哦，格特鲁德能言善辩。"英格玛赞许地说道。

"她对海尔干说，他夜里鬼鬼祟祟把年轻女孩拐走，就像一个异教徒的斗士，而不是基督教传教士。"

"海尔干怎么说？"

"他站在原地，开始还一声不吭，后来和颜悦色地说，她是对的，他的行为确实鲁莽。当天下午，他就把贡希尔德送回家，让一切恢复正常。"

英格玛笑着看了一眼老人。"格特鲁德真了不起，"他说道，"海尔干虽然行为古怪，但也是一个好人。"

"你是这么理解的？我以为你会问，海尔干为什么会对格特鲁德让步呢？"

英格玛没有回答。

老人沉思了一会儿，接着说道："村里有很多人想知道，你究竟会支持哪一边？"

"我觉得我支持谁并不重要。"

"我提醒你一件事，"老人说道，"在这个教区里，我们习惯服从某人的领导。但是现在大英格玛去世了，老师的影响力也不再了，而牧师你也知道，缺乏领导的魄力，所以他们现在追随海尔干。只要你不出声，他们会一直跟着他。"

英格玛的手垂了下去，看起来疲惫不堪。"但是我还没有分辨出谁是谁非。"他争辩道。

"人们指望你力挽狂澜，把他们从海尔干那里解救出来。你应该知道，整个冬天我们都离开家，我们肯定躲过了很多不愉快的场景。起初，人们还没有适应这种皈依的狂热，没有习惯被唤作恶魔和地狱之犬的时候，一定经历了很多可怕的事。最糟糕的一件事，是皈依的孩子们也开始游说！"

"你不是要告诉我，孩子们开始布道吧。"英格玛疑惑地说道。

"哦，正是如此！"老人回答，"海尔干说，他们应该侍奉上帝，而非整日玩耍，所以他们开始劝说长辈皈依。他们埋伏在路边，等无辜的路人经过时，便跳出来胡言乱语一番：'难道你不想同恶魔决一死战吗？你要生活在罪孽之中吗？'"

年轻的英格玛不愿意相信大力英格玛所说的话。"这一定是老头费尔特告诉你的。"他总结道。

"顺便说一句，我正要告诉你关于他的事，"大力英格玛说道，"费尔特跟我说了不少！我一想到这些灾祸都是在英格玛农场策划的，我就羞愧得不敢看人家。"

"他们对费尔特做了什么坏事了？"英格玛问道。

"都是那些孩子干的，他们真该死！一个晚上，他们无事可做，忽然想去费尔特家，劝他皈依，因为听说他是一个十足的恶人。"

"但是，从前所有的孩子像惧怕女巫和巨怪那样惧怕费尔特。"英格玛提醒道。

"哦，这些孩子当然害怕，但他们决意要做一点英勇的事。所以，那天晚上，当费尔特坐着搅粥的时候，他们冲进了他的小木屋。一开门，他们就看到这位老下士浓密的胡子、残断的鼻子和受伤的眼睛。老头这副样子坐在火堆前，把他们吓坏了，其中两个最小的孩子当场就跑了。有十几个孩子围着老头成一个圈，他们跪下来，开始唱歌祈祷。"

"难道他没有赶走他们吗？"英格玛问道。

"他要是那么做就好了！"老人叹了口气，"我不知道这位下士怎么了。这个糟老头坐在那儿，一定是沉浸在晚年的孤寂与凄凉里。而闯进去的是孩子，要知道被孩子们惧怕一直是老人的痛处。当他看到这些孩童天真的脸庞，扬起的眼里充满晶莹的泪水，他就提不起力气了。孩子们等着他冲过去赶跑他们，尽管他们一直在唱歌祈祷，但只要他一动，他们随时准备拔腿就跑。这时，有几个孩子看到费尔特的脸开始抽搐，心想'现在他要过来赶我们走啦'，然后起身跑掉了。但是老人只是眨了一下眼——

用那只好眼睛，然后一滴眼泪顺着脸流了下来。'哈利路亚！'孩子们大喊道。然后，正如我之前说过的，费尔特完了。现在他整天跑来跑去，除了参加集会，就是禁食祷告，或者幻想自己听到上帝的声音。"

"我不觉得这有什么坏处，"英格玛说道，"以前费尔特整日酗酒，现在海尔干派接纳了他。"

"是啊，你朋友多，失去一两个算不上什么。如果这些孩子能让老师皈依，你也不会反对吧？"

"我无法想象这些小孩子能改变斯托姆！"英格玛变得目瞪口呆。他想，大力英格玛说教区发生了天翻地覆的变化，看来是真的。

"但他们真的去了，"大力英格玛回答道，"一天晚上，斯托姆坐在教室里伏案写作，几个孩子进来，开始布道。"

"斯托姆如何回应的？"英格玛问道，情不自禁地大笑起来。

"他起初非常惊讶，可以说是目瞪口呆。幸好，海尔干那天也去了老师家，当时正在厨房里跟格特鲁德聊天。"

"海尔干跟格特鲁德？"

"是的，自从贡希尔德那件事后，海尔干便依照格特鲁德的建议调整自己的行为，这让他们成了好朋友。格特鲁德听到厨房里有嘈杂声，说道：'你正好看看这些怪事，海尔干。看来孩子们要开始教导老师了。'海尔干大笑起来，他明白这有多么荒唐。他马上把孩子们赶出去，解决了麻烦。"

英格玛注意到老人看他的眼神很怪异，就像猎人看着受伤的野熊，考虑是否应该再补上一枪。

"我不知道你希望我做些什么。"英格玛说道。

"我能盼你做什么呢，你还只是个孩子！身无分文，两手空空。"

"我敢肯定你想让我遏制海尔干！"

"村里人都说只有你能让海尔干离开，然后这一切才能结束。"

"无论何时，只要有新的教派产生，出现纷争是必然的，"英格玛说，"这并不奇怪。"

"不仅如此，这也是你向人们展现实力的绝佳机会。"老人坚持说道。

英格玛转身，开启木锯。他最想知道格特鲁德的近况，想问问她是否加入海尔干派。但是他太骄傲了，不愿意流露出任何恐慌。

早上八点，他回到家吃早饭。像往常一样，餐桌上摆满了丰盛的食物，哈尔沃与卡琳待他都很好。看到他们如此和善，他不敢相信大力英格玛的话是真的。他变得轻松而愉快，认为老人言过其实。过了一会儿，他又担心起格特鲁德来，这种感觉十分强烈，甚至让他胃口全无，心猿意马。忽然，他转向卡琳问道：

"最近，你看到斯托姆一家人了吗？"

"没有！"卡琳生硬地说道，"我不愿意跟不虔诚的人交往。"

这个回答让英格玛若有所思。他在想自己是应该说点什么，还是应该保持沉默。如果他说话有可能跟家人决裂，但他又不愿意让他们认为自己支持他们这种错误的想法。"我从未看出老师一家有任何不虔诚的迹象，"他反驳道，"而且我与他们共同生活了四年。"

刚才英格玛担心的事，现在轮到卡琳了。她也在想要不要继续说下去，最后她觉得自己应该捍卫真理，即使这样会伤害英格玛。于是她说道，如果有人不留心倾听上帝的声音，这样的人就是不虔诚的。

哈尔沃也开始帮腔。"孩子的问题是关键的，"他说，"他们应该接受正确的教导。"

"整个教区的孩子都是在斯托姆的教导下长大的，也包括你，哈尔沃。"英格玛提醒他。

"但是他并没有教我们如何正直地生活。"卡琳说道。

"但在我看来，你一直在那么做啊，卡琳。"

"让我告诉你他以前是如何教导我们生活的。那就好像在圆形的梁木上行走：一会儿上，一会儿下。但是当教友们助我一臂之力的时候，我就大步走在笔直的正义之路上，没有任何牵绊。"

"我敢说，"英格玛说道，"这样讲是很容易的。"

"尽管做起来很难，但并非不可能。"

"但是斯托姆一家怎么样了？"

"跟我们有同样信仰的人，纷纷给孩子退学。你知道我们不希望孩子吸收不同的知识。"

"老师怎么看待这件事？"

"他说不让孩子上学有违法律，于是让警察立刻带回托马森和克里斯特·拉尔森加的孩子。"

"所以你们与斯托姆一家敌对起来了？"

"我们只是坚守自己的想法。"

"你们似乎与其他人都格格不入。"

"我们只是远离那些引诱我们堕落的人。"

这三个人继续说下去，他们都压低声音，字斟句酌，唯恐说出来的话伤到对方。

"但我可以代替格特鲁德问候你，"卡琳说道，试着换上愉快的口吻，"去年冬天，海尔干跟她谈了很多，他说她今晚要加入我们。"

英格玛的嘴唇颤抖了一下。他好像一整天都蒙着眼睛，等着挨枪子儿，现在终于等到了，子弹射穿了他的心。

"所以她想成为你们中的一员！"他喃喃自语，"当一个人处在漆黑的森林里，很多事情都有可能发生。"英格玛似乎想到海尔干一直在讨好格特鲁德，然后设下圈套抓住她。"但是我该怎么办？"他忽然问道，声音里有一种奇怪的、无奈的恳求。

"你应该加入我们，"哈尔沃果断地说道，"海尔干现在回来了，只要他跟你谈一次，你就会皈依的。"

"我才不在乎是否皈依！"

哈尔沃与卡琳瞪着英格玛，惊讶得说不出一句话来。

"我只想坚守父亲的信仰！"

"与海尔干谈之前，不要再说了。"卡琳恳求道。

"但是，如果我不加入你们，我想你们会把我赶出这个家，对吗？"英格玛说道，站了起来。他们没有回答，他似乎变得一无所有了。他鼓起勇气，变得更加坚定。"现在我想知道你们打算怎么处置锯木厂！"他问道，他想这件事最好能马上解决掉。

哈尔沃与卡琳交换了一下眼神，他们都害怕做出承诺。

"你知道，英格玛，在这个世上对我们来说，没有人比你更重要。"哈尔沃说道。

"是的，是的，但你们打算怎么处置锯木厂？"英格玛坚持问道。

"首要的事情是把那些木材都锯好。"

面对哈尔沃的闪烁其词，英格玛得出结论："也许海尔干也要接手锯木厂？"

卡琳与哈尔沃对英格玛表现出的愤怒困惑不已。自从说了格特鲁德的事，他们似乎无法与他心平气和地说话。

"让海尔干跟你说吧。"卡琳乞求道。

"哦，我会让他来跟我说，"英格玛说道，"但首先我要知道你们的立场。"

"当然，英格玛，你一定知道我们都盼着你好！"

"但是海尔干会接管锯木厂吗？"

"我们得帮海尔干找到合适的工作，这样他才能留下来。我们觉得假如你能接受真正的信仰，你们俩也许能成为合作伙伴。海尔干很能干的。"哈尔沃说道。

"哈尔沃，你什么时候学会拐弯抹角了？"英格玛说道，"我只想知道海尔干会不会成为锯木厂的主人。"

"如果你拒绝信仰上帝，他就会接手锯木厂。"哈尔沃宣布道。

"我很感激你能告诉我。如果我接受你们的信仰，我将会得到一笔多大的买卖啊。"

"你要知道我们不是那个意思。"卡琳责备道。

"我知道你们什么意思，"英格玛说道，"除非我加入海尔干派，否则我会失去格特鲁德、锯木厂，还有我的家。"英格玛突然转身，走了出去。

走出屋子后，英格玛突然产生一个念头，或许应该让这种悬而未决的感受有一个了结——他应该弄清楚自己跟格特鲁德的关系。于是，他径直朝学校走去。春雨悄然而至。老师家美丽的花园里，绿意盎然，小草们都在奋力生长。此刻，格特鲁德正站在台阶上，欣赏这场春雨。两丛稠李枝叶繁茂，伸出的绿叶遮挡着格特鲁德。英格玛驻足片刻，他被眼前的美好的景致惊呆了。他的身心渐渐缓和起来。格特鲁德没有看到他。他轻轻关上院门，朝她走去，出神地看着她。上次分别时，她还是一个小姑娘。不到一年的时间，她已经出落成端庄美丽的大姑娘了：身材高挑而纤细，颈项典雅，皮肤白皙娇嫩，双颊绯红。她此刻正陷在某种沉思中，双眼深邃，双唇微闭，流露出严肃而渴望的神情。

看到格特鲁德变化这么大，英格玛高兴极了。一股美好的安定感占据了他的全身，他感到自己好像在接近某种神圣而伟大的东西。他被这种美丽完全征服了，甚至想跪下来，感谢上帝的恩典。

　　但是，当格特鲁德看到英格玛的时候，她整个人僵住了。眉头紧锁，双眼中间显出一道皱纹。他马上就看出来了，格特鲁德并不希望见到自己，这让他很难过。"他们想把我从我身边夺走，"他想，"他们已经夺走了。"这种感觉让安息日的宁静荡然无存，之前的恐慌再次袭来。寒暄过后，他便直截了当地问格特鲁德，她是否真的要加入海尔干，成为他的追随者。她回答是的。英格玛又问她有没有想过海尔干派不允许她与教派以外的人交往。格特鲁德回答她已经仔细考虑过这个问题了。

　　"你的父母同意你这样做吗？"英格玛问道。

　　"没有，"她回答，"他们还不知道呢。"

　　"但是，格特鲁德……"

　　"小点声，英格玛！我这样做是为了寻求安宁，是上帝让我这么做的。"

　　"不，"他大喊道，"不是上帝，是……"

　　格特鲁德忽然转过身去。

　　英格玛告诉她，自己决不会加入海尔干的教派。"如果你加入他们，我们就要永远地分开了。"

　　格特鲁德看着他，好像在说即使这样，对她也没有什么影响。

　　"别那么做，格特鲁德！"他央求道。

　　"你不要以为我行事鲁莽，对于这件事，我已经深思熟虑。"

　　"那么你再好好想想吧。"

　　格特鲁德不耐烦地转过身去。

"你也应该为海尔干想一想。"英格玛气急败坏地说道，并抓住她的手臂。

她甩开他的手。"你疯了吗，英格玛?"格特鲁德倒吸一口气喊道。

"是的,"他回答道,"海尔干的所作所为把我逼疯了。这一切必须停止!"

"什么必须停止?"

"用不了多久，你就会知道了。"

格特鲁德耸耸肩。

"再见。格特鲁德!"他用哽咽的声音说道。

"记住我说的话，你永远不要加入海尔干派!"

"你想要干什么，英格玛?"女孩问道，因为她感到一丝不安。

"再见，格特鲁德，好好考虑一下我说过的话!"英格玛回头喊道，此时他已经走到碎石路的一半了。

他继续前行。"如果我像父亲那样智慧就好了!"他心想，"但我又能做什么呢? 我就要失去我的最爱，而且无能为力。"然而，有一件事英格玛可以确定——如果一切不幸都降临到他身上，那么海尔干也不能全身而退。

他朝大力英格玛的小木屋走去，希望能见到牧师海尔干。走到门口时，他听到屋里传出了愤怒的喊声。好像屋里还有其他人，他立即退了出来。就在他要离开的时候，他听到一个男人愤怒地说道:"我们三兄弟不远万里找你算账来了，约翰·海尔干。

你对我们的弟弟做了什么？两年前他到美国，然后加入你的教派。前几天我们收到一封他的来信，信上说为了参悟你的教义，他已经走火入魔了。"

英格玛匆匆离开。显然，跑来找海尔干算账的不止他一个，他们都是一样的无助。

他走向锯木厂，大力英格玛早就在那儿开工了。这时，他听到一声突如其来的喊叫，连锯片的尖啸与激流的咆哮都无法掩盖。起初，他无动于衷，满腔的恨意，他只能想到海尔干从他身边夺走了格特鲁德、卡琳，以及他的家庭和事业。

接着，他似乎又听到一声叫喊。很可能是海尔干与这些陌生人发生了争执。"就算是打死他也没什么不好的。"他心里想。

然后，他又听到一声呼救。英格玛立即放下手中的活，朝山顶飞奔。离小木屋越近，海尔干痛苦的喊声就越清晰。终于跑到小木屋门口时，他感到四周被屋里的扭打震得晃动起来。

他小心地打开门，蹑手蹑脚地走进去。海尔干倚墙而立，手里拿着斧头自卫。三个陌生人个个身壮如牛，手里握着棍棒。他们没带枪，显然只想教训海尔干一番，但是海尔干的反击惹恼了他们，他们起了杀心。他们没有过于警惕走进来的英格玛，只把他当作枯瘦腼腆的少年。

英格玛静观其变。这样的场景对他来说如同梦境，还没反应过来怎么回事——他期盼的事竟然成真了。这时，海尔干再一次求救。

"你别想让我救你，我可不是傻子！"英格玛在心里说道。

突然，一个人狠狠击打了海尔干的头，他手一松，斧头掉到地上。其他人立马扔掉手里的棍棒，拿出刀，冲向海尔干。这时，一个念头闪过英格玛的脑海——其实每个人都在一生中的某个阶段做过卑鄙的事，现在轮到我了，是吗？他想。

突然，一个行凶者感到自己被一双强壮的臂膀提了起来，然后整个人被扔出屋外；第二个人还没反应过来，也被扔了出去；第三个人奋力站起来，同样被大头朝下击倒在地。

英格玛把他们三个全部扔出屋外，自己站在门口。"还想再打吗？"他挑战似的笑道。他才不介意跟他们三个打一场，他正好想试试自己的实力。

三兄弟似乎打算重启战局。其中一个人喊道，我们快撤吧，有人从榆树后的小路上赶来了。没有解决掉海尔干，他们三个都很失望。就在他们准备离开之际，其中之一转身跑向英格玛，刺伤了他的脖子。

"这是你多管闲事付出的代价！"他叫嚷道。

英格玛倒了下去。对方嘲弄地大笑着跑开了。

几分钟后，卡琳来到小木屋，发现英格玛坐在门口的台阶上，脖子受了伤。她走进屋里，发现海尔干倚墙而立，手里握着斧头，满脸是血。卡琳没有看到那几个逃逸者；她认定是英格玛先动的手。她惊恐万分，双膝颤抖。"不，不！"她心里想，"我们的家族里不可能出现行凶者。"她回想起母亲的往事。"源头在那里！"她喃喃自语，抛下英格玛，朝海尔干跑去。

"先去看看英格玛!"海尔干大喊道。

"应该先帮受害者,而不是行凶者。"卡琳说道。

"先去看看英格玛! 先去看看英格玛!"海尔干不停地大喊。他太激动了,向她挥起斧头,"是他赶走了行凶者,救了我!"他喊道。

卡琳终于明白了怎么回事,待她转向英格玛时,人已经走了。她看到英格玛摇摇晃晃地穿过院子,便大声喊道:"英格玛! 英格玛!"

英格玛头也不回地继续前行。她很快追上了他,把手放到他的胳膊上,说道:"停下来,英格玛,让我给你包扎伤口!"

他甩开她的手,如盲人般胡乱前行。血从伤口流出,顺着衣服流到鞋子上。他每走一步,鞋子里挤出的鲜血就在地上留下一个红色的印记。

卡琳跟着他,绞扭着双手。"停下来,英格玛,停下来!"她央求道,"你要去哪里? 我说,别走了!"

英格玛径直朝森林走去,那里不会有人救治他。卡琳盯着他的鞋看,血不断地渗出来。地上的脚印越来越红。

"他想在森林里自生自灭,血干而死!"卡琳心里想。"上帝保佑你,英格玛,你救了海尔干!"她温柔地说道,"一个人要鼓起多大的勇气和力量才能那么做啊!"

英格玛还是闷声走路,毫不在意姐姐的话。卡琳跑上前去,挡住他的路。可他看也不看她一眼,就绕开了。"你去帮海尔干吧!"他低声说道。

"听我解释，英格玛！哈尔沃和我因为今天早上跟你说过的话而感到抱歉。我来找海尔干，就是要告诉他，不管怎样，锯木厂都是英格玛的。"

"现在，你去告诉他吧。"英格玛说道。他继续前行，地上的石头和树桩把他绊倒。

卡琳紧跟在他后面，尽力安抚他。"你就不能原谅我吗？刚才是我错怪你了，以为你动手打人。我一时间也想不出别的来啊。"

"你随时准备相信自己的弟弟是杀人犯。"英格玛反驳道，看也不看她一眼。他只顾走路。他踩过的草叶再挺立起来时，血顺着草尖流下来。当卡琳注意到英格玛对海尔干怪异的称呼时，她才明白自己的弟弟有多么憎恨这个人。同时，她也看到了弟弟的能力。

"大家都会称赞你今天的所作所为，英格玛，你会因此而出名的，"她说道，"你不会想死掉，错失这些赞誉，对不对？"

英格玛的笑声充满了讽刺。他转过身来，脸色苍白而憔悴。"你为什么不回家，卡琳？"他说道，"我知道你想帮谁。"他的步伐越发不稳，现在在他走过的地方，血迹已经连成一条。

看到这些血，卡琳几乎要发疯了。她对英格玛的爱，更加强烈地燃烧起来。现在她为自己的弟弟感到骄傲，觉得他是这棵古老的家族树上一条粗壮的枝干。

"哦，英格玛！"她喊道，"你必须在上帝和亲人前回答，你是不是要流干你的鲜血！你知道，无论你让我做什么，只要我能做到，我都会去做。"

英格玛停下脚步，手臂环搭在树干上以支撑自己，然后冷笑道："或许你可以把海尔干送回美国去？"

卡琳低头凝视着英格玛左脚边的一摊血，思考她的弟弟抛过来的难题。难道他希望他的姐姐离开这座美丽的天堂花园？整个冬天的生活让她无比留恋，难道她又要回到好不容易挣脱出来的罪恶的世界中去？

英格玛干脆转过身来，脸色蜡黄，太阳穴发胀。他的鼻息微弱，整个人奄奄一息。他努起下唇，嘴唇的轮廓更加清晰了，显出从未有过的坚毅。看来，他是不会改变自己的想法了。

"我觉得我与海尔干不能生活在同一个教区里，"他说道，"显然我得给他让地方。"

"不，"卡琳立即喊道，"如果只有这样，你才肯原谅我们，我答应你劝海尔干离开。上帝会把另一位牧羊人派给我们。"卡琳心想，现在最好什么都依着英格玛。

她给英格玛包扎好伤口，扶回了家，让他在床上休息。他伤得没有那么重，休息几天就没危险了。这几天他躺在楼上的房间里，卡琳始终像照顾小孩子一样照顾他，守着他。

第一天，英格玛神志不清地呓语，早上发生的事不停在他脑中回放。这让卡琳发现，海尔干与锯木厂并不是唯一让英格玛挂念的。晚上，当他神志清醒后，卡琳对他说："有人想跟你说话。"

英格玛说，自己太累不想说话。

"但我认为这对你有好处。"

过了一会儿，格特鲁德直接上楼来到他的房间。她一脸严肃，而且有些不安。英格玛以前就喜欢格特鲁德，那时她是个有趣的女孩子，有时候还会惹人生气。但那个时候，他心里有些东西压抑了自己对格特鲁德的爱。现在，格特鲁德度过了难熬的一年，克服了自己的不安与渴望，她的身上发生了神奇的变化，于是英格玛再也控制不住自己对她的爱意。见到格特鲁德来到床边，英格玛立刻举起手掩住双眼。

"你不想见到我吗？"她问。

英格玛摇摇头。他像一个任性的孩子。

"我只想跟你说几句话。"格特鲁德说道。

"我想你是来告诉我，自己已经加入海尔干派了？"

格特鲁德俯身在床边，把他的手从双眼处移开。"有些事情你不知道，英格玛。"她低声说道。

他惊奇地看着她，一言不发。格特鲁德双颊绯红，略显犹豫。最后，她说道："去年，在你要离开我们的时候，我已经开始用恰当的方式来关心你了。"

英格玛的脸红到了头发根，一抹喜悦洋溢在眼中。但很快他又变得严肃且怀疑起来。

"我非常想念你，英格玛！"她喃喃自语。

他笑了，略有怀疑之色，但还是拍拍她的手，算是感激她对自己的善意。

"但你从未回来看过我，"她责备道，"就好像我从未出现过一样。"

"我不去看你是因为，我想做出成绩后再向你求婚。"英格玛说，好像这是不言自明的事。

"但我以为你把我忘了！"格特鲁德的眼里蓄满泪水，"你不知道我度过了多么艰难的一年。海尔干非常善良，他试着安慰我，他对我说，如果我全心全意信仰上帝，我的心就会重获宁静。"

英格玛看着她，眼里再次燃起希望。

"今天早上你来的时候把我吓坏了，"她坦言，"我觉得自己根本无法抗拒你，不安感会再次回来。"

英格玛喜形于色。

"但是今天晚上，当我得知你救了自己憎恨的人，我再也控制不住自己了，"格特鲁德脸红了，"我觉得我再也没有力气离开你了。"说完，她把头埋在英格玛的掌心，吻了下去。

对英格玛来说，这神圣的时刻终于来临，伟大的钟声响起。在宁静祥和的安息日里，甜蜜的爱降临在他的双唇，他的身心沐浴在幸福之中。

第三篇

宇宙号的沉没

一八八〇年夏季，一个有雾的夜晚，大约是在老师创建宣教屋的两年前，那时海尔干还没有从美国归来，伟大的法国宇宙号客轮从美国横渡大西洋，从纽约驶往勒阿弗尔。

凌晨四点钟，所有的乘客和大部分海员还在梦中，偌大的甲板上空无一人。

在这个黎明，一个年迈的法国水手躺在自己的吊床上，翻来覆去，焦躁不安。此时的大海风平浪静，只有船板咯吱咯吱地响个不停，但这些都不是让他难以入眠的原因。他与同伴们睡在甲板之间巨大而低矮的舱隔间。凭着几盏提灯的微光，他看见一排排灰色的吊床，彼此靠得很近，缓缓摇摆着。吊床上的人正在酣睡。劲风时不时地冲进舱口，带来刺骨的寒冷和潮湿，这让他的脑海中浮现出一望无际的海洋，在薄雾的笼罩下翻涌着灰绿色的波涛。

"没什么能比得上海洋！"这位老迈的水手在心中默想。就在他蜷卧冥想之际，四周忽然陷入一种奇怪的安静。他不再能听到螺旋桨搅动的声音，也听不到船链哗啦哗啦的碰撞声；浪花的拍打声消失了，海风也停止呼啸，万籁俱寂。他觉得这艘船好像一下子沉入海底，他和同伴将无法裹着寿衣躺进棺材；他们将永远淹没在深海里，永远躺在这吊床上，直至末日审判的到来。

他一向害怕葬身深海，今天却觉得这也不错。他很高兴包围他的是流动而透明的海水，这比起沉重黑暗、令人窒息的墓地可好多了。"没有什么能比得上大海！"他再次想道。

　　然后，他又陷入某种焦虑之中。他开始有顾虑，如果葬身深海，如果无法被施予临终圣事 [1]，灵魂升天会不会受到阻碍？他害怕自己的灵魂找不到通往天堂的路。

　　这时，他的眼睛捕捉到了水手舱中发出的一抹微光。于是，他将身子探出吊床，想要看个究竟。他看到两个人正朝他走来，各拿着一支点燃的蜡烛。他尽力将身子向前探，想要看清他们的模样。吊床一个挨一个，而且离地很近。如果想不吵醒睡在里面的人，就只能手和膝并用地爬过去。年迈的水手猜想，究竟是谁能通过这么拥挤的地方？很快他就发现走来的是两个小助祭，穿着白袍黑衣，拿着点燃的蜡烛。

　　水手并不感到惊讶，似乎只有这种身材矮小的人，才能手持烛火通过吊床。"会不会有祭司跟在他们后面呢？"他说道。忽然，他听到叮叮的摇铃声，继而看到一个人跟在他们后面。但那不是什么祭司，而是一个老妇人，她的身材并不比这两个少年的高大。

　　这位老妇人让他觉得无比熟悉。"一定是母亲，"他想，"我从未见过任何人像母亲一样身材精巧，而且除了母亲，没有谁可以如此轻盈地走路而不吵醒任何人。"

　　他看见母亲身着黑色长裙，外面披着白色亚麻的长法衣，法

1　基督教会的一项古老圣事，得名于司铎在危重病人身上涂抹经过祝圣的橄榄油这一仪式，象征将病人付托给基督并求赐与安慰和拯救，是天主教、东正教等传统基督教派的七大圣事之一，旧称终敷圣事或临终圣事。

衣上绣着宽大的花边。很显然，这件长袍已经被祭司穿得十分破旧了。她手里拿着一本带着金色十字架的大大的弥撒经书，这本经书他在家乡教堂的圣坛上经常看到。

两个小助祭跪下去，把蜡烛放到老水手吊床一侧，摇晃香炉。老水手闻到芬芳的乳香。随着蓝色烟雾升起，他又听到香炉环链发出的有节奏的咔哒声。然后，他的母亲翻开那本硕大的经书，开始为死者祈福。这让他觉得葬身海底似乎是一件幸事——比葬在教堂墓地好得多。他舒展了一下身体，而后长久地聆听母亲用拉丁语喃喃的祷告，还有香炉的移动，以及香炉的环链发出的均匀的咔哒声。焚香之气一直在他身边缭绕。

忽然，一切都停了下来。两个小助祭拾起蜡烛起身离开，母亲也砰的一声合上了经书。三个人统统消失在灰色的吊床下。

他们一离开，这份寂静便消失了。他又能听到同伴们的呼吸声、木板嘎吱嘎吱的响声、海风的呼啸声，以及海浪猛烈地拍打船身的声音。这让他意识到自己还活着，就在海面上。

“圣母马利亚！今晚所见，到底意味着什么？”他问自己。

十分钟之后，宇宙号突然被横腰撞击。一时间，船身好像被斩成两段。

“我的猜想应验了。”老水手心想。

随之而来的是可怕的混乱。只有一半的水手醒了过来，翻身下床。老水手也小心翼翼地穿上他最好的衣服。他已经预先尝到死亡的滋味，那是甜蜜而温柔的，他似乎觉得大海已经将自己据为己有了。

撞击发生时，有个服务生小男孩躺在餐厅沙龙附近的甲板室睡觉。他被震动惊醒，坐在床铺上，迷迷糊糊地寻思着发生了什么。他头顶刚好有个小舷窗，他凑近往外面看。眼前是雾蒙蒙一片，从中生出一个暗暗的灰影，好像一对巨大的灰色羽翼，如巨鸟般向船俯冲。他觉得那是一只有着利爪和尖嘴的大鸟，拍打着翅膀扑向汽船，而船身也随之摇摆、倾斜。

小服务生心生恐惧，瞬间清醒了。他意识到那其实是一艘巨大的帆船撞到了客船。他看到了庞大的船帆和陌生的甲板，看到人们穿着防水的油布衣惊恐地乱跑。当海风再一次猛烈地刮过，那船帆即刻胀若鼓面。桅杆折起，帆桁断裂，发出了一连串机枪扫射般的爆裂声。一艘巨大的三桅帆船在浓雾中径直撞上宇宙号客船，船首斜桅直插客船一侧，动弹不得。客船倾斜得很严重，但是螺旋桨依然工作，所以两艘船纠缠在一起，齐头并进。

"上帝啊！"这个小服务生跑到甲板上惊呼，"那艘可怜的船撞上了我们的大船，它死定了！"

他从未想过身处险境的会是这艘庞大而坚固的客船。船员们迅速赶来，当他们发现与之碰撞的是一艘帆船，便立刻松弛下来。只要把两艘船分开就万事大吉了，他们有这个信心。

小服务生光着腿站在甲板上。他的衬衫在风中摆动，好像在跟帆船上那些不幸的人打招呼，让他们赶紧逃到客船上保命。起初没有人注意到这个小男孩，后来一个红胡子大汉看到他，并向他挥手。

"到这边来，孩子！"大汉跑到帆船侧面，朝男孩大喊，"客船正在下沉！"

小男孩压根没想过逃上帆船。相反，他竭尽全力地向帆船上的人们大喊，要他们赶紧逃上客船，好像帆船注定要沉没似的。

帆船上的人们正忙着用船杆和撑篙把帆船从客船上解救出来，而红胡子大汉此刻别无他想，只是一心要救下客船上的小男孩。显然，他对这个男孩有一种特别的怜悯。他把双手拢在嘴边大声喊着："到这边来，到这边来！"

小男孩穿着薄薄的衬衫站在甲板上，看上去孤单而寒冷。他踩脚、挥拳，却仍然无法引起对方船员的注意，他们也丝毫没有逃到这艘客船上的意思。一艘像宇宙号这样的巨型快船，可载乘客六百、船员两百，怎么会下沉？他如此推理。同时，他也注意到两名船长和水手们和他一样平静。

突然，红胡子大汉抓起一支撑篙伸向小男孩，勾住他的衬衫，试图把他拉到帆船上来。男孩被拖到了船舷，却奋力挣脱开了。他才不愿意被拖到一艘陌生的帆船上，更何况是一艘注定要沉的船。

与此同时，又是一声爆裂。这一次，三桅帆船的船首桅断裂了，两艘船终于彼此脱离。客船继续前行，小男孩看到帆船船头巨大的船桅斜垂而下，巨型云帆随之落下，将人们全都罩在下面。

这一边，客船正在全速前进，不久帆船便消失在浓雾中。男孩看到的最后场景，是帆船上的人们正努力挣脱云帆。帆船消失得无影无踪，仿佛被一堵巨大的城墙隔绝了。"它一定沉入了海底。"男孩心想。这时，他听到船上发出遇险信号。

一个强壮而粗粝的声音响彻整个客船："救助乘客！放出救生艇！"

一阵沉默。接着，男孩又听到求救信号。还是那个声音，仿佛来自遥远的天际："祈求上帝，让我们不再迷失！"

此时，一位老水手走到船长身边。"船身有一个大洞，我们的船正在下沉。"他平静而深沉地说道。

这场事故的状况刚刚在船上传开不久，一位身材小巧的女士走上甲板。她迈着沉稳的步伐从一等舱走来。她的着装从头到脚都很精致，帽带打成了整洁的蝴蝶结。这是一位身材娇小的老妇人，一头鬈发，一双猫头鹰般的圆眼睛，面色红润。

她在甲板上转了一圈，就这么一会儿的工夫，她就差不多把船上的人都认识了个遍。大家都知道了她是霍格斯小姐。她一遍又一遍地告诉所有人——不管是船员还是乘客——她从未感到恐惧。她不明白为什么要害怕，因为人迟早要死，早死晚死对她来说并不重要。她现在一点也不害怕，只想到甲板上看看热闹。

她先看到两名水手惊恐地从她身边跑过。服务生们穿着狼狈地跑出住处，跑去叫醒熟睡的乘客，将他们带上甲板。一个老水手抱来一堆救生带，扔到甲板上。那个小服务生穿着衬衫蜷缩在角落里，不停地抽泣，惊呼自己要死了。船长在驾驶台上发号施令，霍格斯小姐听到他命令熄灭引擎，给救生艇配备船员。

　　机械师和司炉爬上通往引擎室的肮脏的梯子，大叫着海水已经要漫过锅炉了。霍格斯小姐到甲板上不一会儿，三等舱的乘客们便蜂拥而入。他们尖叫着说要尽快登上救生船，否则获救的只有一二等舱的乘客。

　　激越的情绪和混乱的局面骤然加剧，霍格斯小姐也开始意识到事态的严重性；她悄悄溜到甲板上层，那里栏杆外侧的吊艇柱上悬挂着几只救生船。这里一个人也没有，霍格斯小姐偷偷地爬上栏杆，爬到悬挂在深渊上方的一艘救生船里。爬进去后，她便开始赞叹自己的智慧和远见。她想不管什么时候，头脑冷静才是最重要的。她知道救生船一旦被放下，客船上的人就会疯狂地拥进来，如果在舷梯和升降梯上发生挤压，后果会不堪设想。她不停地赞叹自己事先爬进救生艇是多么明智。

　　霍格斯小姐所在的救生船，挂在船尾最远端。她倚在船边，看着升降梯。她看到一艘救生船配备好了船员，人们开始上船。但船上忽然有人发出骇人的惊叫，还有人在慌乱中捅出船外。这可吓坏了船上的其他人，他们纷纷大叫起来。客船上的乘客拥入升降梯，彼此推搡，争相攀爬，以致很多人掉进海里。一些人看到没办法通过爬梯登上救生船，便直接跳进大海，打算游到救生船边。而此时救生船上的人员已经饱和，开始驶离。船上的人拿出随身的刀具，威胁着只要有人敢游上船，就砍掉他的手指。

　　霍格斯小姐看到救生船一艘接一艘地下了水，又看到它们一艘接一艘因不堪重负而倾覆。

靠近自己的那艘救生船已经下水，但不知什么原因，她所在的救生船迟迟没有配备船员。"感谢上帝，他们没有上我的船，我还是安静地等待最糟糕的状况过去吧。"她心想。

霍格斯小姐目睹着可怕的事情，觉得自己似乎正悬在地狱上方。她看不到甲板，但下面的声音钻入了她的耳朵，她猜想那里一定发生了骇人的争斗。她听到一串枪声，还看到蓝色的烟雾升起。

最后，一切归于平静。"是时候放下我的船了。"霍格斯小姐心想。她一点也不害怕，一直端坐在船上，直到客船开始下沉。这时，霍格斯小姐终于意识到宇宙号正在下沉，而她所在的救生船被遗忘了。

这艘客船上还有一位美国主妇——戈登太太。她去欧洲是为了看望居住在巴黎的父母，与她为伴的是两个年幼的男孩。事故发生时，他们三个正在船舱睡觉。这位妈妈先醒过来，迅速地为孩子们穿上些衣裤，自己却只在睡袍外披了件斗篷。她带着孩子来到船舱间狭窄的过道。

过道里挤满了从舱房跑出来的人，这些人都急着拥上甲板。从这里通过还不算难，真正的难关在升降梯那边。她看到近百人同时争抢着爬梯，互相推挤，只顾自己。这位美国主妇抱着两个小男孩站在原处，渴求地望着阶梯，不知该如何带两个小家伙挤过去。然而，人们只顾争抢逃生，根本没有人注意到她。

戈登太太焦急地四处张望，希望能找到一个人帮她带一个孩子上甲板，自己带另一个。但所有人都让她望而却步。男人们衣衫不整地匆匆跑来，有些人披着挂毯，有些人穿着乌尔斯特式的厚大衣，很多人手中握着手杖。她在他们眼中看到的满是绝望，这样的人绝不可靠。

女人们让她觉得没那么可怕，但同样不可托付。她们丧失了理智，感受不到她的苦衷。她望着她们，想找到一个尚存一丝理智的人，却眼睁睁地看着她们从身边一个接一个地疯狂跑过——有些人抱着离开纽约时收到的鲜花，有的人尖叫着挥舞手臂——她知道这些疯狂的人是不会注意到自己的。最后，她试图拦住一个年轻男子，他曾经跟自己邻座就餐，关注过自己。

"啊，马顿斯先生……"

男人瞪着她，目露凶光，这眼神同其他狂奔者的眼神别无二致。他高举手杖，似乎在威胁说，如果有人胆敢拦住去路，他一定不会手下留情。

紧接着，她又听到一声哀号，与其说是哀号，不如说是愤怒的低吟，如同一阵强风袭来，被困在狭窄的通道。声音来自升降梯下的人们，他们前进的路被突然封堵了。

一个瘸子被人背着爬梯子，但只爬到了一半——他完全不能动弹，只能依靠别人往上爬。由于身形庞大，贴身男仆好不容易才把他背起来，带他爬了半截楼梯。男仆停下来歇口气，却因为不堪重负而跪倒在台阶上。这下他和他背上的主人立刻占满了整个通道，挡住了后面人的路。

这时，戈登太太看到一个身材魁梧、容貌粗鄙的大汉弯下腰，举起脚边的瘸子，一下子抛出栏杆。同样令人惊讶的是，人们目睹这样恐怖的场景竟然无动于衷。人们只顾朝前冲，好像刚刚仅仅是一块挡路的石头被扔进了沟里，仅此而已。

这位年轻的美国母亲终于明白，在这样一群人里根本没有希望获救。她和她的孩子注定要丧命于此。

这艘船上还有一对年轻的新婚夫妇，这次旅行是他们的蜜月之旅。他们的船舱位于船底，俩人又睡得很熟，完全没有听到碰撞声。碰撞发生后，他们附近也没有什么骚动。没有人想到去叫醒他们，所以当人们在甲板上为争夺救生艇而大打出手的时候，他们还在睡梦之中。他们之所以醒来，是因为整晚在他们头下旋转的螺旋桨忽然停了。丈夫匆匆套上两件衣服，跑出去想看个究竟。过了一会儿，他回来了，小心地关上房门，沉重地说了一句话：

"这艘船在下沉。"

当妻子准备夺门而出的时候，他坐了下来，恳求她不要离开。

"救生船都开走了，"他说道，"大部分乘客淹死了，剩下的人都在甲板上争夺救生艇和救生衣。"他告诉她，在舷梯处，他不得不迈过一位被踩死的妇人，绝望的呼喊从四面八方传来。"我们根本逃不出去的，所以你也不要出去了。就让我们死在一起吧！"

年轻的新娘觉得丈夫是对的，便顺从地坐在了他的身边。

"你不会愿意看到人们争相逃命的情景，"他说道，"既然都是一死，不如让我们安静地死去。"

　　她知道在最后这段短暂的时刻中，她应该陪在他身边。她不是承诺要与他一生相守吗？

　　"我曾经希望，"他接着说道，"在我们结婚多年以后，我躺在床上奄奄一息之时，你能坐在我身边。那时，我会感谢有你相伴，我们度过这漫长而幸福的一生。"

　　就在这时，她看到一股细细的水流从舱门底缝淌进来。这一切太过沉重，她绝望地伸出手臂大呼："我做不到！让我走！我不能等死。我爱你，但我做不到那样！"就在船下沉前，船身倾斜之时，她跑了出去。

　　年轻的戈登太太浮在水中，此刻客船已经沉没，她与两个孩子也失散了。她曾两次沉入海中，这是她第三次浮到海面上。她知道自己再次沉入海水的时候，便是死亡的时刻。

　　此刻，她不再挂念自己的丈夫或孩子，世上的一切她都不再牵挂。她只想把灵魂献给上帝，并感到灵魂正如获释的囚犯一般得以重生——脱离人类的生存枷锁让她的心灵万分喜悦，她怀着无比愉悦的心情准备回归真正的家园。"死就这样容易吗？"她心想。

　　当她产生这种念头时，周围混杂的噪声——汹涌的波涛声、海风的低吟、溺水者的尖叫，以及漂浮在海面上的各种物体的碰撞声——似乎幻化成语，犹如无形的云朵幻化出百态之象。她听到的是：

　　"事实上，死很容易，生则不易！"

"啊，果真如此！"她心想，却不知道如何能让生存变得容易一些。

周围遇难的人们挣扎着想要抓住浮游的残骸或倾覆的救生船。这些疯狂的叫喊与咒骂，再一次化成清晰而有力的言语：

"欲使生易如死，唯有团结，团结，团结。"

对她来说，正是上帝将这些噪声变成传话筒，借此回答她的疑问。

正当这些言语萦绕耳畔时，她获救了。她被拉上一艘小船，船上还有三个人——一位年老体壮、衣衫整齐的水手，一个长着对儿猫头鹰般的圆眼睛的老妇人，还有一个衣衫褴褛的可怜的小男孩。

次日傍晚，一艘挪威的渔船沿着纽芬兰海岸驶向渔场。晴空万里，海面如镜。渔船航行得很慢，即使撑起所有的船帆，也只能捕到一丝残喘的微风。

海水之美，如湛蓝的明镜。微风拂过，泛起银白的浪花。

正当水手们享受午后海上的静谧时，海面上忽然漂来一个黑色的物体。当它渐渐靠近，他们才认出那竟是一具浮尸，随海浪而来。从衣着来看，死者生前也是一名水手。他平躺在海面上，双眼大睁，神情安详。显然，这具尸体并未在水中泡得太久，所以还没有变形。他的神情似乎有些得意扬扬，好像在享受微波的摇曳。

水手们将目光移向相反的方向后，不禁大叫起来，原来还有另一具尸体漂到船首。他们又凑上去观望，直到它被涌浪带走。他们跑到船身的另一侧，又看到了一具孩童的尸体，这次是个衣着考究的小女孩。"天啊，天啊！"水手们纷纷叹道，然后擦拭眼泪。"这可怜的孩子！"

女童的尸体越漂越远，目光却始终回望着他们。那渴望的眼睛里流露出庄严的神情，仿佛要去执行一件紧迫的任务。不一会儿，又有个水手大喊，他又看到了一具尸体。另一个望着相反方向的水手同时喊了起来。不一会儿的工夫，就有五具尸体漂浮在海面，而后是十具，直至更多尸体，数都数不过来。

渔船缓慢前行，那些围聚在船四周的尸体仿佛在索要着什么。有些成群漂来，看似漂离陆地的浮木，实际却是大片的遗骸。

船上的水手们吓得呆若木鸡，无法相信看到的这一切。突然，他们又看到海上似乎升起一座岛屿。它远看的确很像岛屿，可驶近再看，却是数百具浮在一块儿的尸体。尸体将渔船团团围住，随船而行，仿佛要在它的陪伴下完成渡海的航行。船长只得转舵，好让仅有的一点海风吹进船帆，但起效不大。船帆依然无力地垂着，而这些尸体也依旧跟在左右。

水手们吓得脸色苍白，谁都不敢说一句话。渔船行驶得过于缓慢，一时间无法将这些尸体摆脱。水手们害怕就这样被尸体缠住，害怕就这样入夜。这时，一名瑞典海员站到船头，重复着主祷文，然后又开始吟唱赞美诗。唱到一半的时候，太阳下山了。晚风吹来，终于把渔船带离这片尸地。

海尔干的信

丛林中，一个老妇人走出她的小木屋。尽管这是普通的一天，她却穿上了自己最好的衣服，像要去做礼拜一样。锁上门后，她把钥匙放在老地方——门阶下。

老妇人走出几步，又回头看了看。她的木屋在积雪覆盖的高耸的冷杉树下显得又小又灰暗，可她依然深情地凝视着它。"在这间小屋里，我度过了多少快乐的日子啊！"她陷入沉思，"阿门！耶和华所赐，耶和华所取。"

接着，她沿森林里的小路走了下去。虽然年事已高，身子骨已十分虚弱，她还是把腰杆挺得笔直，不像别的老年人那样弯腰驼背。她有一张甜美的面容，一头柔软的白发。她总是一副温和的模样，很少有人听到她像别的福音传道士那样用尖利而严肃的声音说话。

路还很远。她正在赶往英格玛农场，参加海尔干教派的集会。年迈的伊娃·冈纳斯多特是海尔干教义最忠诚的皈依者之一。"啊，那些荣耀时刻！"她一边赶路，一边喃喃自语，"一开始，教区里有一半人皈依海尔干！谁能想到，他们中的大部分人会背离教派，五年后只剩下我们这不足二十人——当然，这不包括那些孩子！"

她的思绪回到多年以前，那时她独居在森林中，被人们遗忘。忽然有一天，很多兄弟姐妹来到她的居所。后来每逢大雪，他们都不忘为她清理门前小路，还总是把干柴堆满小棚——这些活儿，她从未开口让人帮忙。她还想起英格玛的女儿卡琳和她的姐妹们，以及教区里其他一些显要的人物，她们常常来到她家，在她简陋的小屋里举办爱心宴会。

"唉，很多人背弃了这唯一的救赎之路！"她感叹，"现在，惩罚就要降临到我们头上了。明年夏天，我们必将灭亡，因为只有少数人听到了召唤，而有些听到召唤的人又没能坚定信念。"

老妇人又开始思索海尔干的信件，那些信被海尔干派的拥护者们视作圣文。他们在集会上高声朗读，如同在教堂里朗读《圣经》一般。"有一段时间，海尔干就像我们的牛奶和蜂蜜，"她想，"那时，他教导我们善待和容忍未皈依者，就算背离我们的人也要宽容以待；他教导富有者在慈善事业中一视同仁。然而，他最近总是苦不堪言，信中所述全是审判与惩戒。"

老妇人已经走到森林边缘，从这里可以俯视村子的全貌。这是二月里美好的一天，皑皑白雪覆盖着整个村庄，所有的树木都在深冬安眠，一丝风也没有。可是她在想，这座安然沉睡的美丽村庄，唯有被一场硫磺烈火[1]吞噬方可唤醒。白雪笼罩着万物，她看到的却是浴火重生的景象。

"他不会用简单的言语表达，"老妇人心想，"但他一直在写这个痛苦的考验。宽恕我吧！如果这个教区如索多玛一样受到惩罚，或者像巴比伦一样被推翻，谁会感到吃惊呢？"

伊娃·冈纳斯多特在村里转来转去。她抬头看到一间房子，

1　参见《圣经·旧约·创世纪》19：24。

心中就会想，即将到来的地震将把它们震得粉碎，只剩下灰烬；遇到路人，她又会想地狱之魔不久将猎杀并吞食他们。

这时，她碰到一个漂亮的年轻姑娘。"啊，迎面走来的正是老师的女儿格特鲁德！"她自言自语道，"她的双眸熠熠发光，如同洒在雪上的日光。她一定感到无比幸福，因为今年秋天她就要嫁给年轻的英格玛·英格玛森。我看到她腋下夹着一捆缝衣线。她这是要去纺织新房的桌布和床罩啊。可惜，不等她缝纫完，毁灭就会降临到我们头上。"

老妇人向她投去阴郁的目光。她发现这个村庄已经建造得美丽极了，但她笃定地认为，这些黄白相间的精美房子、华丽的山墙、大弯窗，都将跟她的那间板缝生藓、破洞为窗的灰色木屋一样被摧毁。她走到小镇的中心驻足片刻，而后用手里的拐杖使劲敲击马路。她突然感到一股突如其来的愤怒。"唉，唉！"她大叫道，惊得街边的行人纷纷回望，"是啊，这些房屋中的人呐，都弃绝基督福音，持守仇敌的训诫。他们为什么不听从召唤，远离罪恶？就是因为他们，我们都要灭亡。上帝绝不会手软。正义的、不正义的都会受罚。"

她渡河后，其他海尔干派的信仰者也追了上来。他们中有费尔特下士、布莱·冈纳尔，以及他的妻子布丽塔。紧随其后的还有霍克·马茨·埃里克森、他的儿子加布里埃尔，以及议员克莱门森的女儿贡希尔德。

这些人都穿着色彩鲜艳的民族服饰，走在白雪覆盖的路上，构成了一道美丽的风景。但在伊娃·冈纳斯多特看来，他们都是奔赴刑场的死囚，或者被赶去屠宰场的牛群。

这些海尔干的拥护者看上去十分沮丧，一路低着头，仿佛丧气的事多到压得他们透不过气。他们都期待天国忽然临世，期待有生之年能够亲眼目睹新耶路撒冷的降临。然而，势单力薄的他们不禁感到希望的渺茫，似乎心中某些东西已被折断。他们步履沉重，缓慢前行，时不时发出叹息，彼此却又缄默不语。他们把这件事看得很重，孤注一掷，却输了。

"他们为什么如此垂头丧气？"老妇人纳闷，"他们似乎不相信最糟糕的情况，也不想理解海尔干信上所言。唉，那些低地的住民天广地阔，从不知何为恐惧。他们的想法怎么会与我们这些在幽暗的森林独居的人一样呢？"

她看得出，这些海尔干信徒忧心忡忡，因为哈尔沃在一个工作日里召集大家。他们害怕听他说起又有逃兵脱离队伍。他们焦虑地彼此观望，眼里充满了不信任，似乎在说："你还能坚持多久？你，你？"

"我们或许也该停下来，"他们心想，"脱离这个团体。毕竟长痛不如短痛，猝然而死好过消磨生命。"

唉！这个小社区信仰和平与福音，热衷团结且友爱的安逸生活。这些对他们极为重要，但这一切即将毁灭。

这些伤心人继续朝农场前行。冬日明亮的阳光在碧蓝的天空愉快地翻滚。从晶莹的白雪间升起一股清凉的气息，将生气与勇气带给了赶路的人们；冷杉树覆盖的群山环绕着教区，营造出一种舒缓的平和与安宁之感。

他们终于来到英格玛农场。

在农场客厅，靠近天花板的位置，挂着一幅老旧的画。这幅画是一百多年前当地一个艺术家的作品。画上是一座被高墙围起的城市，越过城墙可以看到许多城里的屋顶和山墙。它们有的是红色农舍的草皮屋顶，有的是白色庭院的石板屋顶，还有大型的镀铜塔，仿效了法伦的克里斯提娜教堂的风格。城墙外，绅士们在步行大道上散步，他们穿着紧身及膝的短裤，带扣鞋，手持孟加拉手杖。画上还有一驾马车驶出城门，车上坐着几位女士，头戴扑粉假发，顶着华托式的帽子。墙外的树木长满了浓密的深绿色的叶子，波光粼粼的小河在一片摇摆的高草间蜿蜒流过。画面底部，一行华丽的大字写道："这是上帝的圣城耶路撒冷。"

这幅老旧的帆布画一直挂在靠近天花板的位置，很少有人注意。大多数来英格玛农场拜访的人，甚至不知道它的存在。

但是今天它被镶在由绿色蔓越橘树枝编成的花环中，到访者一眼就会注意到它。伊娃·冈纳斯多特第一个发现了它，压低声音说道："啊哈！看来英格玛农场的人知道我们要毁灭了，所以才要我们注意这座圣城啊。"

卡琳和哈尔沃上前招呼她，他们看上去更为消沉，比其他海尔干的拥护者们更加低落。"显然，他们知道末日临近。"她心里想。

伊娃·冈纳斯多特在到访者中最年长，因此坐在上位。她面前放着一封信，信封上贴着美国邮票。

"我们亲爱的兄弟海尔干又给我们来信了，"哈尔沃说道，

"所以我把兄弟姐妹们聚到一起。"

"我猜你一定觉得这封信很重要，哈尔沃。"布莱·冈纳尔若有所思地说道。

"是的，"哈尔沃回答，"现在我们就来听听，海尔干在上一封信上提到的我们信仰面临的大考验是什么。"

"我认为我们当中的任何一个为了主都会无所畏惧。"冈纳尔向他保证道。

海尔干教派的门徒还没有悉数到齐，等了很久人才凑满。年迈的伊娃·冈纳斯多特坐在那里，一双远视眼盯着海尔干的信。她想起《启示录》中那封盖着七枚印章的信，想象着只要有人用手触碰信件，毁灭天使就会从天而降的场面。

她抬眼看了看那幅耶路撒冷的画。"是的，是的，"她喃喃自语，"我当然想去那样的城市，黄金的大门，水晶的城墙！"然后，她为自己读了一段话："城墙的根基是用各样宝石修饰的：第一根基是碧玉，第二是蓝宝石，第三是绿玛瑙，第四是绿宝石，第五是红玛瑙，第六是红宝石，第七是黄璧玺，第八是水苍玉，第九是红璧玺，第十是翡翠，第十一是紫玛瑙，第十二是紫晶。"1

老妇人沉浸在那本被她奉为珍宝的《启示录》中。当哈尔沃走过来拿信时，她好像从瞌睡中惊醒，竟被吓了一跳。

"我们将以一首赞美诗开启今天的集会，"哈尔沃宣布，"让

1　语出《圣经·新约·启示录》21：19。

我们一起吟唱第二百四十四首赞美诗。"这些海尔干教众们齐声吟唱："耶路撒冷，我幸福的家。"

伊娃·冈纳斯多特松了一口气，因为可怕的时刻被暂且推迟了。"呜呼！我这样一个老态龙钟的妇人竟然也惧怕死亡。"她这样想道，并为自己的软弱感到惭愧。

待众人唱完赞美歌，哈尔沃拿出信件展开。而伊娃·冈纳斯多特在圣灵的感召下，起身献上长篇祷告，祈求天恩垂怜信中之意。哈尔沃手持信件，立在原地，静候她结束祷告，然后以布道的口吻朗读信中所述：

> 我亲爱的兄弟姐妹们，平安伴你们左右。
>
> 我向来以为奉我教义之人，除了你们与我，别无他人，我们的信仰是孤立无援的。然而，感谢上帝！在芝加哥我遇到了志趣相同的兄弟，他们的所思所行，与我们别无二致。
>
> 需知，在十九世纪八十年代初的芝加哥，有个叫爱德华·戈登的人，他与妻子都是虔诚的基督教徒。他们悲天悯人，为尘世之苦痛心疾首，祈求上帝赐福，救助那些苦难中人。
>
> 事情发生在爱德华·戈登的妻子横渡大洋的漫长航行中。她遭遇了海难，被抛入大海。她在极度危险的时刻，听到了上帝的声音。上帝命她教导人类团结起来。
>
> 戈登的妻子得救了。回家后，她告诉丈夫上帝的旨意。"这是上帝赐予我们的伟大旨意——我们应该团结起来。这

么伟大的指令，在世界上只有一个地方能聆听。我们应该聚齐朋友，一同前往耶路撒冷，在圣锡安山上宣布上帝神圣的戒律。"

于是，爱德华·戈登和他的妻子，以及想遵守上帝最后戒律的三十多人，一同迁往耶路撒冷。在那里，他们同住一个屋檐下，互帮互助，休戚与共。

他们还常常把穷人的孩子带回去。他们伺候疾患，照顾老者，不计回报地向寻求帮助的人施以援手。

但是他们不在教堂或街角布道。用他们的话说，"行动说明一切"。

然而，有人听说他们的生活方式，却道："他们一定是傻子和狂热者。"责难声最大的便是那些基督教徒，他们曾经去过巴勒斯坦，向犹太教徒和伊斯兰教徒传教，劝其皈依。他们说："那些不传教的是什么人呢？毫无疑问，他们要在异教徒中过邪恶的生活，放纵他们罪恶的私欲。"

对这些远渡重洋来到自己国土的好人，基督徒们态度恶劣。在这些迁居耶路撒冷的人中，有一个富有的寡妇，与她同行的是两个半大的孩子，她有一个哥哥留在美国。人们都对她的哥哥说："你怎么能让你的妹妹与那些可怕的人一起生活？他们不过是靠她的慷慨苟活的懒汉。"于是，她的哥哥便采用法律程序，逼迫她把孩子送回美国抚养。

因为法律的原因，这个寡妇带着孩子，在爱德华·戈登和妻子的陪伴下返回芝加哥。那时，他们已经在耶路撒冷生活了十四年。

他们回到美国后，报纸上有很多关于他们的报道：他们被冠以疯子、骗子的恶名……

读到这里，哈尔沃稍作停留，用他自己的话对刚才所读的内容做了总结，以确保每个人都能理解信中所述。然后，他接着读下去：

你们知道我在芝加哥有一个家，住在这里的人们以灵魂和真理侍奉神。这些人分享一切，彼此照应。

我们在家里读了一些关于这些从耶路撒冷回来的"疯人"的事迹，并议论一番。"这些人与我们有同样的信仰，他们为正义团结在一起，我们也是。我们想认识这些与我们理想相同的人。"

于是，我们写信邀请他们一聚。那些从耶路撒冷回来的人接受了邀请，来到我们的家。我们将自己的教义同他们的相比较，发现彼此的信仰原则是一样的。"承蒙上帝恩典，我们找到了彼此。"我们说。

他们给我们讲述有关圣城的荣耀。金碧辉煌的圣城坐落在白山，他们有幸踏上我们的救世主曾经走过的路，这让我们非常羡慕。

我们当中的一个兄弟说："我们为什么不跟你们一起去耶路撒冷呢？"

他们回答："你们不要与我们结伴同行。因为上帝的圣城充满了纷争、贫穷、疾病和憎恨。"

这时，我们当中的另一位兄弟疾呼："也许这正是上帝的意图，把你们带到我们身边，让我们与你们一同去那遥远的国度，帮助你们战胜困难?"

于是，我们都听到圣灵在我们心底的召唤："是的，这是我的旨意!"

然后，我们问他们是否愿意接纳我们的加入，但我们很穷，而且没有受过教育。他们回答说愿意。

于是，我们决定成为真正意义上的兄弟。他们接受了我们的信仰，我们也接受他们的信仰——我们一直有圣灵的庇佑，感到万分喜悦。然后，我们说道："现在我们明白了上帝是爱我们的。它派我们去的地方，正是他从前派自己的儿子所到之地。我们也知道了自己的教义是正确的，上帝希望我们在圣锡安山宣读它。"

我们中又有一位兄弟说道："祖国瑞典还有我们的兄弟姐妹。"就这样，我们又告诉这些耶路撒冷的兄弟，他们看到的只是我们队伍的一部分，我们还有一些兄弟姐妹在瑞典。我们说："为了坚守正义，他们正在接受严峻的考验，他们中的许多人背离了信仰，少数信仰坚定的人不得不与那些无信仰者一同生活。"

然后，耶路撒冷的旅者们回答："让你们在瑞典的兄弟姐妹跟我们一同去耶路撒冷，共同完成这份神圣的工作。"

　　起初，想到你们会跟我们一起前往耶路撒冷，过安定的生活，我们很是高兴。但转念一想，我们又发起愁来，说道："他们不会离开自己丰茂的农场和旧业。"

　　耶路撒冷的旅者们回答："我们没办法给他们奉上田野与草地，但他们能走上耶稣双脚踏过的路。"

　　但我们还是疑虑重重地对他们说："他们从未踏上陌生的国土，在那儿没人听得懂他们的语言。"

　　耶路撒冷的旅者们回答道："这不成问题。巴勒斯坦的石头会传达救世主的神谕，他们会理解的。"

　　我们说："他们从未把财产分给陌生人，变成如乞丐一般的穷人；他们也从未放弃过权力，因为他们都是自己教区里的领头人物。"

　　耶路撒冷的旅者们说："我们无法给他们带去权力或是尘世的财物，但我们大家可以风雨同舟，与救赎主耶稣同甘共苦。"

　　听完这些，我们又感到无比喜悦，觉得你们会去耶路撒冷。现在，我亲爱的兄弟和姐妹们，你们读完这封信之后，不要彼此讨论，而是要安静地倾听，听从圣灵的指引。

哈尔沃合上信，说："现在我们必须按照海尔干信上说的去做，保持安静，用心倾听。"

英格玛农场的客厅里一片安静。

老迈的伊娃·冈纳斯多特和其他人一样沉默不语，静候上帝的声音。她有自己的一套解释。"为什么，当然，"她心里想，"海尔干希望我们去耶路撒冷，这样我们就可以免于一死。上帝让我们免遭硫磺火雨或洪灾的毁灭；在我们中秉持正义的人将会听到上帝的劝诫，警告我们逃离灭顶之灾。"

在老妇人看来，离开这样的家园、这样的故土，并无半分留恋。她也从未质疑过选择离开家乡的丛林、欢快的小河、肥沃的土地是否明智。一些海尔干的教徒对改变生活方式充满恐惧，不愿意背井离乡，她却是个例外。对她来说，这意味着上帝想要宽恕他们，一如曾经饶恕诺亚与罗得一般。他们难道不是被召唤着去上帝的圣城，接受生命至高的荣耀？对她来说，海尔干信上所言就好像告诉他们即将得道升天，如先知以利亚一样。

他们都坐在那里，紧闭双眼陷入冥想。有些人正承受着剧烈的精神煎熬，额头上冒出冷汗。"啊，这就是海尔干预言的考验呐！"他们叹口气道。

太阳已经落到地平线处，刺眼的光线穿堂入室。落日的余晖在众人苍白的脸上留下血红的光芒。玛莎·英格玛森，荣·比约恩·奥拉夫松的妻子，从座位上滑下身子，并顺势跪在地上。然后，他们一个接一个都跪了下来。忽然，他们中有些人深吸一口气，脸上挂起舒展的微笑。

这时，卡琳，英格玛的女儿，惊奇地说道："我听到上帝呼喊我的声音了！"

贡希尔德，议员克莱门森的女儿，狂喜地举起手臂，两行泪水滑过脸庞。"我也是，"她叫道，"上帝呼唤我了。"

接着，克里斯特·拉尔森和他的妻子几乎异口同声道："它在我的耳边呼喊我必须去。我能听到上帝呼唤我的声音！"

他们一个接一个地宣布听到呼唤，痛苦与悔恨随之消散，取而代之的是一种强烈的喜悦之情。他们不再挂念自己的农场或者亲人，一心想着这个小群体如何变得枝繁叶茂，重新开花，一心感叹着被召唤到圣城的奇迹。

他们中大部分人都听到了召唤。然而，哈尔沃·哈尔沃森却迟迟没有听到这种呼唤，他在痛苦的祈祷中奋力挣扎，思考上帝为何还不对他发出召唤。"他一定看出我热爱这片田野和草地，胜过对他圣言的遵从，"他自言自语道，"我不配。"

卡琳起身，走到哈尔沃身边，把手放到他的额头上。"你要冷静下来，哈尔沃，倾听内心的声音。"

哈尔沃紧握双手，指节都快裂了。"也许上帝认为我不配去圣城。"他说道。

"不，哈尔沃，你会听到召唤的，但你首先要静下来，"卡琳说着跪在他身旁，用胳膊搂着他，"现在，你静静地听，不要害怕，哈尔沃。"

过了一会儿，他脸上的焦虑不见了。"我听到了——那声音来自遥远的地方。"他小声说道。

"那是天使的琴声，在宣告主的存在，"他的妻子说道，"保持安静，哈尔沃。"于是，她依偎着他——她从未在人前这样做过。

"啊！"他拍手惊呼，"现在我听到了，声音如雷霆般在我耳边响起。‘你要去我的圣城耶路撒冷。’”他说，“你们听到的是同样的话吗？”

“是的，是的，”他们大喊道，“我们都听到了。”

然而，年迈的伊娃·冈纳斯多特却大哭起来。“我什么也没有听到，不能跟你们一起去了。我就好像罗得的妻子，逃不掉这即将来临的灾难。我被遗弃了，留在原地，变成一根盐柱。”

她绝望地痛哭，其他海尔干的拥护者都围在她身边，为她祈祷。她还是什么也没听到。此刻，绝望变成了恐惧。“我还是听不到任何呼唤！”她乞求众人，“你们会带我上路吧？请不要把我留在这水深火热之中！”

“你再等等，伊娃，”海尔干派们说道，“呼唤会来临的。一定会的，不是今晚，就是明早。”

“你们没有回答我，”老妇人哭喊着，“你们没有回应我的请求。如果我没有听到呼唤，你们难道不想带上我？！”

“呼唤会来的，一定会！”其他人大喊道。

“你们没有回答我！”老妇人疯狂地尖叫道。

“亲爱的伊娃，如果上帝没有召唤你，我们不能带你同行！”海尔干派辩解道，“但是呼唤会来的，别怕。”

老妇人忽然从跪着的姿势起身，挺直摇摇晃晃的身子，把手杖重重地放在地上。“你们这些人想丢下我，不顾我的死活！”她愤怒地大喊，“是的，是的，是的，你们想逃走，丢下我一个人！”她变得狂怒起来，看起来就像年轻的伊娃·冈纳斯多特——强壮、热烈、暴躁。

"我再也不想与你们有任何瓜葛！"她尖叫着，"我用不着你们的拯救。我蔑视你们！你们抛弃妻子，背弃父母，只为自救。呸！你们这群傻瓜，背井离乡，抛下这么好的农场。你们这群被误导的无知的人，顺从假先知。你们就是这样的人！硫磺火雨会降临到你们身上。该毁灭的是你们。我们这些留在家乡的，才是该活下来的人。"

第一根大原木

同样在美丽的二月，一个黄昏，两个年轻的恋人站在马路上交谈。年轻的男子刚刚驾着马车从森林里拉回一根大木头，木头沉得马儿差点拉不动。尽管如此，他还是选择绕道而行，就为了拉着木头穿过村庄，经过那座白色的校舍。

马车停在校舍前。一个年轻姑娘走了出来，看着这根木头赞不绝口——它修长而粗壮，笔直又结实，漂亮的褐色树皮让它更加完美无瑕！

小伙子骄傲地告诉她这棵树生长在奥拉夫山峰北侧的荒原，又讲述了自己何时动手伐木，在森林中把它晾晒了多久。他甚至还准确地对她讲了这根木头的周长和直径是多少英寸。

"但是，英格玛，"她说道，"这才是第一根木头！"

尽管她很高兴，但一想到建造新家的五年来这是英格玛砍掉的第一株林木，她就感到不安。但英格玛似乎认为所有的困难都不在话下。

"你还要等一等，格特鲁德！"他说道，"路通的时候，我就能拉木头了，我们的新房很快就会建成了。"

天气冷得刺骨。马儿打了个冷战，不停地摇头跺脚，白霜浸染了它的鬃毛和额毛。年轻的恋人却没有感到寒意，他们沉浸在建造新房的想象中，这让他们暖意融融；他们从地窖谈到阁楼，待房屋"建成"后，又讨论起装修。

"在客厅靠墙的位置，我们可以放一组沙发。"英格玛决定。

"但是我不知道我们还要买沙发啊。"格特鲁德说道。

小伙子咬着嘴唇。他本打算晚点告诉她自己在木匠铺买了一套沙发，可现在他就将这个小秘密透露了。

然后，格特鲁德坦白了一个保守了五年的小秘密。她告诉他，自己已经卖掉了用头发做成的饰品和编织好的缎带，然后用攒下的钱买了各种居家用品——锅碗瓢盆、床单枕套、桌布地垫，她都准备停当了。

英格玛对格特鲁德的成就赞不绝口。夸赞到一半，他突然停下来，用无言的爱慕凝望着她。他觉得这一切都太好了，以致有点不敢相信，不敢相信自己有朝一日会拥有如此甜美的生活。

"你为什么奇怪地看着我?"姑娘问道。

"我在想，你将成为我的妻子，没有什么比这更好了。"

格特鲁德什么也没说，只是用手抚摸着这根大木头，它将成为自己和英格玛新家墙上的一根木柱。她觉得自己将得到爱与保护，因为她要嫁的男人善良、睿智、高贵、忠诚。

这时，一位老妇人经过。她走得很急，嘴里不停地抱怨，好像被什么事激怒了。"是的，是的，他们的幸福不会比黎明时分更长久! 当末日审判来临时，他们的信念必将瓦解，如同用苔藓捻成的绳子。他们将生活在无尽的黑暗中!"

"她一定不是在说我们!"姑娘说道。

"怎么可能在说我们呢?"小伙子笑道。

英格玛农场

星期六，海尔干的拥护者集会后的第二天，暴风雪肆虐。牧师赶去森林北端的一户人家，为病榻上的病人祈福。晚上返回时，他的马拉雪橇寸步难行。马儿不时陷入雪堆，雪橇好几次险些翻掉。牧师和雇工不停地下车铲雪，清理道路。好在天不算太黑，一轮满月从云层后面爬出来，洒下银白的月光。牧师抬起头，看到了漫天飘舞的雪花。

有些地方，他们走起来毫不费劲。那些路段积雪不厚，即使雪厚，也比较松散平整。真正的困难是另外一些必须克服的路况，譬如翻越一眼望不过去的高耸的雪堆，或者由于不走大路而不得不穿越的雪野和树篱。在这种路段，他们将面临跌入地沟或者马蹄插入栅栏的风险。

牧师和仆人都很担忧靠近英格玛农场的雪堆——那里有一块高耸的木板，每逢大雪，积雪都会迎着木板爬得很高。"如果我们能清理那里的积雪，顺利到家就不成问题。"他们这样说。

牧师想起自己曾经多次要求大英格玛移走那块木板，因为那里容易积雪。然而，一直没有人做这件事。如今，英格玛农场发生了翻天覆地的变化，那些旧木板却依然堆在原地。

英格玛农场终于映入眼帘。雪堆耸立在老地方，高如城墙，固若金汤！他们没办法绕行，只能驾车翻过雪堆。这样做太冒险，仆人询问是否向英格玛农场求助，但牧师没同意，因为他与卡琳和哈尔沃已经有五年没有讲过话了。和这样的故友见面，想想就让人难过。

马儿只能拉着车翻越雪堆。冰壳一直撑着，直到马儿爬到雪堆顶端终于轰然倒塌。转眼之间，马就不见了，好像坠入了坟墓。两个男人看傻了眼，无计可施。更糟的是，有一根套绳断了，即便能把马从雪地里拉出来，他们也走不了多远。

几分钟后，牧师走进英格玛农场的客厅。火炉里的木头烧得正旺，主妇坐在火炉旁边纺织上好的羊毛，坐在她身后的几个女仆纺织亚麻。男人们则坐在火炉的另一侧，他们刚干完重活，有的在休息，有的在做轻松的活计，像是修削木棒、削尖靶子、制作斧柄之类的，以此来打发时间。

牧师讲述了自己的困境，他们一下子打起了精神。男仆们立即跑出去挖雪救马，哈尔沃则把牧师带到餐桌旁，让他坐下来。卡琳吩咐女仆去厨房烹制新鲜的咖啡，准备精致的晚餐，然后把牧师的皮毛外套挂在炉边烘烤。她点亮吊灯，并把纺车移到桌子上，这样不妨碍她跟客人聊天。

"就算大英格玛在世，我也不会受到如此礼遇。"牧师心想。

哈尔沃聊起了天气和路况，然后又询问牧师，他家里的谷物有没有卖上好价钱、一直想要修缮的地方有没有如愿完成。卡琳又问起牧师妻子的身体，并希望她快点好起来。

这时牧师的仆人走进来，告诉他马儿已经救出，套绳也已修好，一切妥当，随时可以上路。但卡琳和哈尔沃执意让牧师留下吃晚餐，万勿拒绝。

咖啡碟端了上来，上面放着银制的大咖啡壶和昂贵的旧式银制糖罐，这些器具只有在诸如婚礼和葬礼之类的大型仪式上才被使用。一起端上来的还有三个大型的银制蛋糕篮，里面装满了新鲜的甜面包和小点心。

牧师的一双小圆眼睛睁得老大，惊讶不已；他呆坐在那里，生怕被惊醒。

哈尔沃拿出一张麋鹿皮给牧师看，这头麋鹿是在英格玛农场的小树林猎获的。鹿皮被平铺在地板上，牧师说这是他有生以来见过的最大最美的鹿皮。卡琳走到哈尔沃身边，在他耳边低声说了些话。哈尔沃立即转向牧师，要把这张鹿皮作为礼物送给他。

卡琳在餐桌和橱柜间来回忙碌，拿出很多上好的旧银器。她把带褶边的精美桌布铺在餐桌上，好像要举办大型宴会一般，然后把牛奶和未发酵的啤酒倒在银制的水瓶里。

用完晚餐后，牧师起身告辞。哈尔沃·哈尔沃森和两个雇工跟着他，为他开辟了一条穿过雪堆的路，并稳稳地扶着雪橇，直到把他安全送到家。

牧师想，能与故友重拾情谊是一件多么让人高兴的事啊。他跟哈尔沃真诚地道别，而哈尔沃却从口袋里掏出一样东西，这是一张折叠好的纸条。他在犹豫，不知现在交给牧师是否合适。纸条上写着一份声明，所述的内容原是准备在周日早上做完礼拜在教堂向大家宣读的。如果牧师能够大度地接过纸条，他就不用再费心找人明天一早送去教堂了。

牧师进屋后点上灯，展开纸条，读道：

"业主经过深思熟虑后，打算搬到耶路撒冷，所以英格玛农场准备出售……"

他没有再读下去。"好吧，好吧，终于要来临了，"他喃喃自语，好像在说一场即将到来的风暴，"这正是我期待已久的事！"

霍克·马茨·埃里克森

春日里美丽的一天。一个农夫和他的儿子步行前往教区南郊附近的铁器厂。他们住在教区北端，所以这一路要穿越整个教区。他们路过了刚刚耕种不久的田地，那里的谷物才开始发芽，满目尽是绿色的黑麦田和丰茂的草地。那些三叶草不久将会变红，散发出甜蜜的香气。

他们还路过一些正在重新粉刷的房屋，有的房屋安装上了新窗户和玻璃阳台，沿途的田园里，人们正在铲土和播种。农人都是满鞋泥泞，满手污垢。他们刚刚忙完地里或菜园的活儿，种了不少土豆、卷心菜、红萝卜和胡萝卜。

农夫多次停下来打听他们种了什么土豆，何时播种燕麦。一看到小牛或者小马驹，他便立刻猜测这小家伙有多大。他还会计算牛的数量，适合在哪种农场饲养，以及这样的小马如果受了伤能卖上多少钱。

农夫的儿子几次想要转移父亲的注意力。"我在想，我们俩不久就会漫游在沙龙平原和朱迪亚沙漠。"他说道。

父亲微微一笑，瞬间容光焕发。"能踏上敬爱的主耶稣曾经走过的路，乃是天赐的特权。"他回答道。然而，下一分钟，几车石灰又把他的注意力带走了。"我说，加布里埃尔，你猜这些石灰会是谁的呢？人们都说石灰是好肥料，能让庄稼丰收，到了秋天便是硕果累累。"

"秋天，爸爸！"儿子责备地说道。

"我知道，"农夫回答，"今年秋天我们已经住进雅各的帐篷，在耶和华的葡萄园劳作。"

"阿门！"儿子叫道，"顺其自然吧，阿门！"

他们无言地走了一会儿，默默地欣赏着春天的风景。由于春雨的缘故，道路被冲毁了，水流进沟里。无论朝哪儿看，看到的都是活儿。每个人都愿意施以援手，即使在穿过别人田地的时候。

"说真的，"农夫若有所思地说，"我真希望把这些活儿都做完，上秋再出售这些家产。春天，就该是竭尽全力投入劳动的时候，任谁都很难在这个时候离开。"

他的儿子只是耸耸肩，他知道得让老人发泄一下。

"这块地从我年轻时入手到现在已经三十一年了，那时候它只是教区北端的一块荒地，"农夫说道，"从来没有人用铁锹翻过这片土地，它的一半是沼泽地，一半是石头地，看起来糟透了。我接手这片土地后，就像奴隶一样拼命干活，挖石头挖到后背要断了。但是抽干沼泽地比挖石头更辛苦。"

"是啊，父亲，您辛苦了，"儿子承认，"所以上帝才顾念你，召唤你去他的圣地。"

"一开始，"农夫接着说道，"我住在简陋的茅舍，那可不比木炭工的小木屋好多少。是用原木建的，屋顶铺的是草皮，下雨天总漏水，晚上睡在里面特别不舒服。那些牛儿、马儿住的也不怎么样，整个冬天，它们都挤在像地窖一样黑乎乎的泥洞里面。"

"父亲，既然你在这个地方受了这么多苦，为什么还如此留恋？"

"年复一年，我养的家畜越来越多，我的实力也越来越强，所以我打算给它们修建宽敞的牲畜棚。这些都让我感到无比快乐。如果现在我没有打算卖掉家产，就该给牲畜棚搭新顶了。播种结束之后，正是干这活的好时机。"

"父亲，你将在另一片土地上耕种，有的种子撒在荆棘中，有的撒在石粒上，有的撒在路边，也有的会撒在上好的土地上。"

"我们现在住的旧屋舍，"农夫继续说道，"是在第一间小屋之后造的。我原想今年拆掉它，另建一间新房。家里堆的木材是我俩今年冬天刚刚拉回来的，现在该如何处置它们呢？当初把它们拉回家时可费了不少劲，马儿都累坏了。"

儿子开始有些担心。他觉得父亲可能要改主意离开他。他担心老人不以公义之心将家产献给耶和华。"好啊，"他争辩道，"但是，无论新房还是新马棚，怎么能比得上这种天赐的荣耀：与同心同德的人们一起过上圣洁的生活？"

"哈利路亚！"老人大叫道，"难道你看不出我对这样的安排是感恩的吗？难道我不正是在赶往商行变卖家产吗？等我回来时，这一切将不再属于我，我将一无所有。"

儿子默不作声，但他很高兴自己的父亲坚持初衷。

这时，他们路过了一座美丽的农庄。它坐落在山顶上，房屋被漆成白色，二层有露天阳台，一层有大平台。环绕四周的是高大的白杨树，漂亮的银白色的树皮涨满了汁液。

"看！"农夫说道，"那正是我喜欢的房子——有阳台和平台，还有一些装饰性的树木，屋前有修建好的草坪。这样的房子难道不漂亮吗，加布里埃尔？"

儿子没有说话，农夫觉得他可能不愿意听到关于农场的话题，所以他也陷入沉默，尽管他的思绪还停留在自己的房屋上。他猜想着新主人会怎样对待他的马匹、房子以后又会变成什么样子……"上帝呀！"他低声自语，"我一定是在做傻事，竟要把自己的房产卖给商行！他们会砍掉所有的树木，让农场变成荒地。土地将再次变成沼泽，白桦林会遍布田野。"

他们终于走到铁器厂，农夫又提起了兴致。他一看到最新式样的犁和耙，就想起自己早该买一台新的马拉收割机。他两眼发光地看着自己英俊的儿子，想象着他坐在精良的红色收割机上，挥舞着马鞭，割除野草，那样子就像战斗英雄横扫敌军。当他走进办公室，他似乎还能听到收割机咔哒咔哒的声音、野草落下时发出的轻柔的簌簌声，以及受惊的鸟儿与昆虫轻声振翅的声响。

桌面上放着一张契约。协议已经商定，价钱也谈好了，只剩下签名盖章。

农夫静静坐着，听人朗读契约内容。当他听到这么多亩的树林、这么多的耕地和草地、这么多头牛和这么多件家具，都要悉数交出，他的面容就凝重起来。

"不，"他在心里对自己说道，"不能这样做。"

听完契约内容后，他真想说自己改变主意了，但这时儿子俯下身子，在他耳边说道：

"父亲，你要在我和农场之间做出选择。无论你做出何种决定，我都会离开。"

农夫只顾挂念自己的农场，甚至忽略了儿子即将离开自己。所以，加布里埃尔无论如何都会走。他不明白这是为什么。如果他的儿子能留在家里，他一定不会想要离开。但是，很自然地，不管儿子去哪里，他都要跟着。

他走到桌边，契约就放在桌面上，等他签字。经理亲自把笔递给他，并指出他签名的位置。

"签在这里，"他说道，"你得写上自己的全名——霍克·马茨·埃里克森。"

当他接过笔，脑海中忽然闪现三十一年前的光景，那时他拿起笔签下契约，买了一块贫瘠的土地。他记着自己写下名字后赶紧出去查看他的财产，然后他心想："这是上帝赐予你的！你要一辈子努力干。"

经理以为他的犹豫是因为不确定在哪里签名字，于是又给他指了一遍。

"你的名字要签在这里，在这儿写下'霍克·马茨·埃里克森'就行了。"

他提起笔，笔尖对着契约。"这个，"他心想，"是为了信仰和我的灵魂能够得到救赎；为了海尔干教派中那些亲爱的朋友；为了我们能跟他们同心同德，一起生活；为了在他们离开之后，我不至于孤独度日。"

他写下来名字的首字。

"这个，"他继续想道，"是为了我的儿子加布里埃尔，这样我就不必离开这么孝顺的好儿子。他对他的老父亲一向很好，我想让他知道在我的心目中他胜过一切。"

接着，他又写下中间的名字。

"但是这个，"他心里想，并第三次提起笔，"我为什么要签这份契约？"忽然，他的手开始在纸上上下移动，最终在这份可恨的文件上留下了一个大大的 ×。"我这样做是因为年岁已高，必须继续耕地——在这片辛苦了一辈子的土地上，继续翻土、播种。"

霍克·马茨·埃里克森转身把文件递给经理，整个人看起来窘迫不安。

"请原谅我，先生，"他说道，"之前，我的确打算出售家产，但事到临头，我实在舍不得。"

拍卖会

五月里的一天，英格玛农场举办拍卖会。那一日天气很好，犹如夏日般温暖。男人们脱下白色的羊皮长袍，换上了短夹克；女人们穿上宽袖白衬衫，那是属于夏日裙装一类。

老师的妻子准备参加这次拍卖。格特鲁德没兴趣去，老师则忙于授课。斯蒂娜嬷嬷将一切准备妥当，打开教室的门，朝丈夫道别。斯托姆正在给孩子们讲述尼尼微城毁灭的故事，他的神情严肃而骇人，搞得那些可怜的小孩子都怕得要死。

在去英格玛农场的路上，斯蒂娜嬷嬷只要看到开花的山楂树或者幽香的白色铃兰，就会停下脚步。

"即使你们远赴耶路撒冷，也找不到比这更可爱的东西啊。"她在心中默想。

像许多人一样，老师的妻子越发热爱老教区了，尤其是在海尔干的拥护者把这里称作第二座索多玛，并打算将它遗弃之后。她摘了几朵路边的小野花，温柔地望着它们。"如果我们像他们说的那么糟糕，"她心想，"上帝是可以轻而易举将我们毁灭的——只消让寒冬持续，让白雪覆盖大地。但是，我们的耶和华赐予我们春天和花朵，他一定认为我们应该活下去。"

斯蒂娜嬷嬷到了英格玛农场之后，并没有进去。她胆怯地四处观望。"我觉得我应该回去，"她自言自语道，"我不能眼睁睁地看着这座老房子被拆。"然而，与此同时，她又禁不住好奇，想知道如何才能把农场赎回来。

农场拍卖的消息一传出来，英格玛就立刻出价，想要买下它。可他手里只有六千克朗，而柏格萨纳大型锯木厂和铁厂的管理层已经给哈尔沃出到两万五千克朗的高价。英格玛四处借钱，终于凑够了同样多的钱。然而，商行又把价格提高到三万克朗，远远超出英格玛的支付能力。他不想为此负债累累，可一旦农场出售，后果不堪设想——这间商行素来不会轻易脱手属于自己的产业，所以英格玛基本没有赎回家园的希望，而且还很有可能丧失朗福斯锯木厂的经营权。这样一来他就失去了生计，他与格特鲁德在秋天的婚事也很可能搁浅。他甚至可能要去外地谋生。

斯蒂娜嬷嬷一想到这些，便提不起对卡琳与哈尔沃的好感。"我希望卡琳不要走过来跟我讲话！"她对自己说道，"如果她过来，我就让她知道我的看法，让她知道我怎么看她对待英格玛的方式。不管怎么说，农场归属权不在英格玛就是她的错。我也听人说过，他们这趟长途跋涉需要一大笔钱，可即便如此也让人无法理解她何以忍心把故居卖给商行。这家商行日后一定会砍光所有的树木，让土地荒废。"

除了商行，还有一个人愿意买下这块地，他就是富有的地方法官斯文·佩尔松。斯蒂娜嬷嬷认为，如果由他接手英格玛农场或许能好一些，因为他是个慷慨的人，一定会允许英格玛留在锯木厂。"斯文·佩尔松不会忘记，当他还是个放鹅的穷小子的时候，"她回想，"是大英格玛帮了他一把，让他有了一番作为。"

斯蒂娜嬷嬷没有进屋，而是像许多参加售卖的人那样待在院子里。她坐在一堆木板上，细致地观察着农场的一草一木，像最后一次看一眼自己深爱的地方那样，习惯性地环顾一切。

农场三面环屋，中央立着一个小仓库，由四根柱子撑着。没有哪样东西是陈旧的，除了宅门外带有雕刻造型的门廊和洗衣房外那几根结实而弯曲的柱子。

英格玛森家族几代人的足迹遍布这院子的每一个角落，斯蒂娜嬷嬷这样想着。她似乎看到他们傍晚歇工回家的情境——他们围在火炉边，虽然个子很高，却大多驼着背，总是一副不愿被惊扰或者无功不受禄的样子。

她又想到这家农场一向以勤勉和诚实著称。"这件事是绝对不可行的！"她忽而又想起眼前这场拍卖。"应该把这件事告诉国王！"斯蒂娜嬷嬷把这件事看得很重要，好像要离开家园的人是她。

拍卖还没有开始，便有很多人聚集到了这里。有的人去畜棚看里面的牲畜，有的人留在院子里查看农具。斯蒂娜嬷嬷看到两个农妇从牛棚里出来就气愤不已。"看，那不是因加嬷嬷和史达瓦嬷嬷嘛！"她低声自语，"现在，她们进去之后，每人挑了一头牛。想想她们会怎样四处吹嘘吧，她们一定会说自己从英格玛农场买回一头老品种的牛！"

当看到年迈的佃农尼尔斯挑选耕犁，她又略带轻蔑地笑了。

"尼尔斯驾着大英格玛的耕犁时，一定觉得自己是个真正的农民。"

越来越多的人过来围观拍卖物品。男人们惊奇地看着一些农具，它们可有些年头了，让人很难猜出是做什么用的。有些看客嘲笑起那些旧雪橇，其中有一些确实历史悠久，它们被漆成了华丽的红色和绿色。配套的马具上镶满了白色贝壳，边缘坠着多彩的流苏。

但斯蒂娜嬷嬷看到的是，英格玛森家族老一辈的成员缓慢地驾着这些古旧的雪橇参加宴会，或者从举办婚礼的教堂返回家，车上还坐着新娘。"许多正直的人要离开教区了。"她叹息道。对她来说，似乎英格玛家的人世世代代都住在农场里，直至今日，直至他们的器具、旧马车和雪橇被拍卖掉。

"不知英格玛将如何自处，又有何感想？连我都这样难过和恐慌，他会怎么样呢？"

天清气朗，拍卖商提议把所有拍卖品全都搬到院子里，以免屋里太过拥挤。女仆和农工开始搬箱移柜，那些大箱子都被画上了郁金香和玫瑰的图案。有的箱子存放在阁楼，上百年来从未被人挪动过。他们还拿出银制的水罐、老式样的铜水壶、纺织机和梳理机，以及各种样式古怪的纺织用具。农妇们围着这些古旧的宝贝挑挑拣拣，翻来翻去。

斯蒂娜嬷嬷本来没打算买什么，但她忽然想起英格玛家有一架织布机能纺出最好的锦缎，于是也走过去寻找。这时一个女仆走了出来，搬出一本厚重的《圣经》。它有着厚实的皮革书皮、黄铜的书皮扣和底托，因为太过沉重，女仆搬得有些吃力。

斯蒂娜嬷嬷惊讶不已，好像有人打了她一记耳光，于是她又回到之前坐过的地方。她当然知道如今已经没人读这种艰涩难懂的古体《圣经》，但令人惊讶的是卡琳竟然连它也要拍卖。

　　这可能就是那本英格玛农场曾经的女主人诵读过的《圣经》。就在她读经的时候，有人跑来告诉她，一头熊杀害了她的丈夫，而那个死去的人正是年轻英格玛的曾祖父。斯蒂娜嬷嬷看到的每样东西都有它的故事。放在桌面上的古董银扣是英格玛·英格玛森从克莱克山上的山怪手中夺回来的，放在远处的摇摇晃晃的马车曾经载着英格玛·英格玛森去教堂……她记得那时自己还是个小女孩，只要英格玛·英格玛森经过她和她母亲的身旁，母亲总要推推她，然后说："斯蒂娜，现在你要行屈膝礼，因为这就是英格玛·英格玛森。"

　　从前，她不明白为什么母亲总让她对英格玛·英格玛森行屈膝礼；就算遇到法官或者法警，她也不用这般隆重的行礼。

　　后来，母亲告诉她，当自己还是个小女孩的时候，她的妈妈也这样推她，并对她说："斯蒂娜，现在你要行屈膝礼，因为走过来的是英格玛·英格玛森。"

　　"上帝知道，"斯蒂娜嬷嬷叹了口气，"我之所以难过，不仅因为我曾希望格特鲁德有一天会成为这里的女主人。对我来说，整个教区都凋落了。"

　　就在这时，牧师走了进来，他的神色看起来凝重而又沮丧。牧师径直朝屋内走去。斯蒂娜嬷嬷猜想，他八成是来替英格玛向卡琳和哈尔沃求情的。

　　不一会儿，柏格萨纳锯木厂的经理和法官佩尔松也来了。

　　经理是代表商行来的，他进门便径直朝屋内走去。佩尔松却在院子里逛了一圈，看了一遍拍卖的东西。他在一个小老头面前停了下来，那老人正同斯蒂娜嬷嬷一样坐在成堆的木板上。

"大力英格玛，我想你可能不知道，英格玛·英格玛森到底有没有决定买我的木材？"

"他说不买，"老人回答道，"但是如果他改主意了，我也不意外。"同时，他眨眨眼，用拇指指了指斯蒂娜嬷嬷，提醒斯文·佩尔松不要让她听到他们的谈话。

"我觉得他会欣然接受我的价格，"法官说道，"我可不是每天都这么慷慨，我是为了大英格玛才这么做的。"

"你确实出了个好价钱，"老人赞同地说道，"但他说他在别处已经做了一笔交易。"

"我不知道他是否清楚自己将面对多大的损失。"斯文·佩尔松说完，便走开了。

刚才，庭院里一直没有出现英格玛森家族的人。但现在，人们发现年轻的英格玛倚墙而立，一动不动，半闭着眼。许多人站起身来，想要过去跟他握握手，但当他们走近，斟酌之后，还是返身回到了自己的座位。

英格玛脸色惨白，所有人都能看出他有多么痛苦。因此，没有人敢上前跟他讲话。这次拍卖显然没有以往那种欢乐。当人们看到英格玛站在那里，靠着即将失去的家园的墙壁，没有人笑得出来或者有开玩笑的心情。

拍卖开始了。拍卖商坐在椅子上，拿出第一件拍卖品——一把旧耕犁。

英格玛一动不动，如一尊雕像般。

"天啊！他为什么不离开这里？"有人说道，"他不必留在这里，亲眼见证这么痛苦的事情。但是呢，英格玛森家族的人向来特立独行。"

铁锤落下，第一件物品卖出去了。英格玛吃了一惊，仿佛被什么东西狠狠抓了一把。但过了一会儿，他又站定了，呆呆的。就这样，锤子每敲击一次，他就战栗一次。

两个农妇从斯蒂娜嬷嬷面前经过，她们正在谈论英格玛。

"想想啊！如果他能娶一位有钱的农场主的女儿，他就会有足够的钱买下这座农场。可是他却执意要娶老师的女儿格特鲁德。"其中一个农妇说道。

"他们说，一个有钱又有地位的人曾提出把英格玛农场作为结婚彩礼送给他，只要他能娶自己的女儿，"另一个说道，"你看，他们都不介意他是个穷小子，因为他出身高贵啊。"

"不管怎么样，身为大英格玛的儿子，还是有优势的。"

"如果格特鲁德有点钱就好了，这样她就能帮他一把。"斯蒂娜嬷嬷心里想。

所有农场器具售罄后，拍卖商移步到庭院的另一侧，那里堆放着家用亚麻制品。他开始出售家纺用品，包括桌布、床单、床罩。他将它们高高举起，这样布面上绣的郁金香和各种漂亮的花式织布就能让大家都看到。

英格玛一定是听到被举起的亚麻布轻轻飘动的声音，因为他不自觉地抬起了头，用疲惫的双眼望了一下这污浊的场面，随即转过身去。

"我从未见过他这个样子，"一个年轻的村姑说道，"这可怜的小伙子，好像要死了一样。天啊，他应该离开这里，而不是留下来折磨自己！"

斯蒂娜嬷嬷忽然跳下来，想要大声叫停这一切。但是她又坐了回去。"我怎能忘记，自己只是一个贫穷的老妇人。"她叹了一口气。

忽然，周围一片静寂。斯蒂娜嬷嬷不禁抬起头来。这份静默是因为卡琳的突然现身——她从房里走了出来。显然，大家对卡琳和她的所作所为都有看法，当她穿过庭院之时，所有人都后退了一步。没有一个人伸手跟她打招呼，也没有一个人跟她说话。大家都冷眼旁观。

卡琳看起来憔悴不堪，腰比以前弯得更厉害了。她的脸颊出现了鲜红的斑点，仿佛又回到跟埃洛夫度日那段痛苦的时光。她在庭院看到斯蒂娜嬷嬷，于是邀请她进屋里坐。"我不知道您来了，斯蒂娜嬷嬷。"她说道。

斯蒂娜嬷嬷一开始拒绝了她的邀请，但最后还是被说服了。"既然我们要走了，就希望大家不要再对往事耿耿于怀。"卡琳说道。

她们走向房子的时候，斯蒂娜嬷嬷大胆地说道："今天你一定很难熬吧，卡琳。"

卡琳只是叹了口气。

"我不明白你怎么忍心卖掉所有的旧物，卡琳……"

"人们都觉得这很奇怪……"斯蒂娜嬷嬷正想接着说，却被卡琳打断了。

"如果我们私藏任何献给上帝的物品，上帝都会怪罪的。"

斯蒂娜嬷嬷咬了咬嘴唇。她无法再说些什么。她本想好好教训卡琳一下，但所有责备的话都卡在喉咙里。卡琳身上有种高贵的气息，让人没有勇气责骂她。在她们走上前廊台阶的时候，斯蒂娜嬷嬷拍了拍卡琳的肩膀。

"你注意到站在那边的人了吗？"她问道，手指着英格玛。

卡琳有些畏缩，小心翼翼地不去看她的弟弟。"上帝会给他谋条出路的，"她喃喃自语，"上帝会给他谋条出路的。"

客厅没有因为拍卖而发生太大的变化，椅子、橱柜、床都还在原来的位置。只是墙壁上再无铜制器皿做成的装饰，内置床架因为被扯去床单和床罩看起来光秃秃的，蓝色橱柜的门也不再像往日那样半开着，以便让来访者窥探储物架上的银壶和烧杯。如今，它已紧闭，这意味着里面已经空空如也。室内墙上的唯一装饰，就是那幅耶路撒冷的帆布画。集会日朗读海尔干信件那天，这幅圣城之画四周装饰着新鲜的花环。

偌大的房间里挤满了卡琳和哈尔沃的亲戚和教友。在一张铺展开的大桌子旁，他们一个接一个地被引领着接受隆重的茶点仪式。

里屋的门紧闭着，里面的人正对农场售价争论得不亦乐乎。他们高声讨论，言语激烈，尤其是牧师。

另一边，客厅里的人却十分安静。如果有人说话，也一定压低声音，因为所有人都牵挂那间小屋里正在发生的关乎农场命运的决定。

斯蒂娜嬷嬷问加布里埃尔："英格玛没机会夺回农场了，
是吗？"

"现在的售价已经远远超过了英格玛的承受能力，"加布里埃
尔回答道，"据说，卡姆湾旅馆老板出价三万两千克朗，而商行
出价三万五千克朗。牧师正在说服卡琳和哈尔沃让他们把农场卖
给旅馆老板，而不是商行。"

"伯杰·斯文·佩尔松那边情况如何？"

"他今天好像还没有出价。"

说话的仍然是牧师。显然，他正在恳求某个人。外面的人听
不到他说的是什么，但是他们能够猜到里面还没有达成协议，否
则牧师也不会滔滔不绝了。

接下来是一阵安静，随后人们听到旅馆老板用音调适中的声
音说道："我出价三万六千克朗，之所以出这个价格不是因为物
有所值，而是我无法忍受农场成为商行的囊中之物。"

随即，好像有人用拳头砸了一下桌子，然后人们听到商行经
理高声说道："我出价四万克朗，卡琳与哈尔沃不会再遇到比这
更高的价钱了。"

斯蒂娜嬷嬷面色惨白，起身朝庭院走去。虽然留在庭院也让
人不舒服，但毕竟不像坐在这狭小的房间里听人讨价还价那么令
人难以忍受。

亚麻的家居制品已经售罄，拍卖商再次转移了位置。这次，
他打算叫卖一件家用的古董银器——一只内侧镶着金币的沉甸

甸的银壶，银壶上面还刻有十七世纪的铭文。当他举起这件器具，英格玛立刻向前冲去，好像要阻止这场交易。但他随即克制住了自己，又回到原来的位置。

几分钟后，一位年迈的农夫拿着银壶走过来，恭恭敬敬地把它放在英格玛脚边。"你一定要好好保管它，以此作为纪念，纪念理应属于你的一切。"

再一次，英格玛全身颤抖。他想说些什么，但是嘴唇抖个不停。

"你现在什么也不用说，"老农夫说道，"下次再说吧。"他走开了，忽然又转过身来。"我听到村民们说，如果你愿意，是可以接管农场的。那将是你为教区做的最大的贡献。"

农场有一群年迈的仆人，从小在这里长大，现在年事已高，但还留在农场。他们此刻坐立不安，担心被新主人扫地出门，担心以后乞讨度日。即使没有那么糟糕，他们心里也十分清楚，以后再也不会有人像原来的主人和夫人那样照顾他们了。这些又老又穷、要靠救济金度日的仆人整天在农场里徘徊。看着他们远去的虚弱而无助的身影，还有他们泪眼中流露出的无望，所有人都为他们感到难过。

一位年近百岁的老人，步履蹒跚地走到英格玛身旁，挨着他坐在地上。似乎只有这里能让老人感到自在。他安静地坐着，颤抖的双手扶着拐棍。当老丽莎和牛舍的玛莎看到皮克赛·本特找到避难之地，她们也摇摇晃晃地跟过去，坐在英格玛脚边。他们没有跟他说话，但是他们模糊地认为只有他能保护他们——因为现在他就是英格玛·英格玛森。

英格玛不再紧闭双眼。他低头看着他们，好像在细数他们多年以来为这个家族历经的磨难。他似乎认为自己首要的责任就是让这些老人在农场安享晚年。他朝庭院的另一边望去，捕捉到大力英格玛的眼神，然后用力地点了点头。

于是，大力英格玛站起身来，默不作声地向着房子径直走去。他穿过客厅，直接走到小屋门口，等待时机进去。

牧师正站在小屋中央，对着卡琳和哈尔沃滔滔不绝地劝告，而他们两人却如木乃伊般僵硬地坐着。柏格萨纳的经理坐在桌边，看起来信心满满，因为他知道自己出的价钱无人能比。卡姆湾的客栈老板站在窗边，激动不已，额头上满是汗珠，手还在颤抖。伯杰·斯文·佩尔松则坐在小屋另一端的沙发上，双手交叉放在肚子上，不停地扭动大拇指，面无表情，十分威严。

牧师说完了。哈尔沃瞥了一眼卡琳，征求她的意见。然而，她坐在那里神情恍惚，两眼空洞地盯着地板。

于是，哈尔沃转向牧师，说道："卡琳和我认为，我们既然要踏上陌生的国土，将来我们和那些兄弟姐妹都要依赖售卖农场的钱来生活。听人说，仅前往耶路撒冷的路费就高达一万五千克朗。到了那里之后，买房子和日常吃用还要花掉一大笔钱，所以我们不能压低价钱。"

"如果只是因为你们不想让商行拥有这座农场，就期待卡琳与哈尔沃以低价售卖它，这本身就是不合理的！"经理说道，"在我看来，你们应该立即接受我的报价。如果没有其他原因，赶紧结束这场无用的争论。"

"是的，"卡琳说道，"我们最好接受最高的报价。"

然而，牧师可没那么容易认输！一碰到世俗之事，他就特别能言善辩。而现在他正是一个普通人，而非牧师。

"我确信卡琳与哈尔沃很关心这座老农场的命运，他们想把它卖给能守住这份产业的人，即使少得几千克朗也值得。"他说道。

"尤其为了卡琳的利益，"他继续说道，"各类农场落入商行之手后，很快就荒废了。"

有一两次，卡琳抬头瞥了一眼牧师。牧师不知道自己的话能否成功地打动她。"她身上一定还有老派农妇的傲气。"他一边想，一边继续叨念着那些倒塌的农舍和喂养不足的牛群。

最后，他说道："我非常清楚，如果商行决意买下英格玛农场，它就会继续跟这些农民竞价，直到迫使他们放弃；但是，如果卡琳与哈尔沃想让这座老农场免遭商行的毁坏，他们就该明确出个价，好让农民们心里有个谱。"

牧师提出这个建议之后，哈尔沃略有不安地看了一眼卡琳，而卡琳缓缓抬起了眼皮。

"当然，哈尔沃与我想把农场卖给自己人。这样就算我们离开了，也知道一切都会照常运作。"

"如果商行以外还有人愿意出价四万克朗，我们就把农场卖给他。"哈尔沃在清楚妻子的想法后这样说道。

话音刚落，大力英格玛走到斯文·佩尔松身边，低声跟他说了些话。

法官佩尔松立即起身，走向哈尔沃。"既然你们愿意以四万克朗售卖农场，那我就以这个价格买下它！"他说道。

哈尔沃的脸抽搐了一下，似乎有东西堵住了他的喉咙。他不得不吞咽一下，然后才能说话。

"谢谢你，法官先生，"终于他结结巴巴地说道，"我很高兴能将农场交到您的手中！"

然后，法官佩尔松与卡琳握握手，对方激动得难以遏止泪水。

"你放心吧，卡琳，这里的一切将会照旧。"他说道。

"你要自己住在农场吗？"卡琳问道。

"不，"他说，然后非常严肃地补充道，"我最小的女儿将在今年夏天成婚，她与她的丈夫将会拥有这座农场，这是我送给他们的结婚彩礼。"他转向牧师，表示感谢。

"好吧，佩尔松，一切你说了算，"他说道，"那时候我还是一个身无分文的放鹅小子，我做梦也没有想到有朝一日可以凭借自己的力量让英格玛·英格玛森回到英格玛农场！"

牧师和其他人都呆住了，他们目瞪口呆地盯着法官，一时间搞不清楚他的意思。

卡琳马上离开屋子，穿过客厅走到庭院。她挺直身子，重新扎好头巾，抚平围裙，然后带着一种庄严而高贵的气质，径直走向英格玛，抓起他的手。

"恭喜你，英格玛，"她说道，高兴得连声音都颤抖起来，

"你和我最近一直在宗教问题上互不相让；然而，虽然上帝没能赐予我这样的慰藉，让你我同行，我还是要感谢他，感谢他允许你成为这座老农场的主人。"

英格玛没有说话。他的手无力地垂在卡琳的掌心。当她放下他的手，他仍站在原地，看起来一如既往地难过。

那些在里屋商讨农场命运的人都走了出来，同英格玛握手，向他表示祝贺。"祝你好运，英格玛农场的主人——英格玛·英格玛森！"他们说道。

在那一瞬间，一丝喜悦闪耀在英格玛的脸上。然后，他喃喃自语："英格玛农场的主人——英格玛·英格玛森。"他像一个孩子般，终于得到了自己期待已久的礼物。然而，下一刻，他的脸上马上又挂上极度反感与厌恶的神情，好像别人会把他梦寐以求的奖品抢走一般。

一时间，这个消息传遍农场的每一个角落。人们高声谈论着，急切地询问着，有的人竟喜极而泣。没有人关心拍卖商的叫喊，大家都围在英格玛身边祝贺他——无论农民还是绅士，无论朋友还是陌生人，都怀着同样的心情。

英格玛站在原地，被这些欢快的人围绕着。忽然，他抬起头，看到站在人群外不远处的斯蒂娜嬷嬷。她正盯着他看。她脸色苍白，看起来又老又穷。当他们碰触到彼此的眼神，她立即转身离开了。

英格玛匆匆离开旁人，追上她。他弯下腰，脸上每一寸肌肉都在颤抖，用沙哑的声音说道：

　　"斯蒂娜嬷嬷，您回家告诉格特鲁德，我背叛了她。为了赎回农场，我把自己卖掉了。告诉她不要再挂念我这个卑鄙的可怜虫了。"

格特鲁德

格特鲁德有一种奇怪的感觉，她坐立不安，且无法控制——这种感觉越来越强，直至将她完全统摄。

这种感觉始于知道了英格玛抛弃她的那一刻。对她来说，一想起再见英格玛，便会心生无边恐惧——比如在路上偶遇，或者在教堂碰面，抑或是别的什么地方意外相见。至于为何会如此忌惮，她自己也说不清楚，她只知道她无法承受。

格特鲁德喜欢白天晚上把自己关在屋子里，以确保不再见到英格玛。但是像她这样一个穷姑娘，怎么可能足不出户？她不得不到花园里干活，从早至晚，每天如此；她还得从家里长途跋涉到牧场去，给奶牛挤奶；还要经常去村里的商店买糖和谷物粗粉，或者任何必需的生活用品……

走在路上的时候，格特鲁德总是把头巾拉低，遮住脸庞，双眼低垂，匆匆赶路，就好像后面有人追她一般。只要可以，她总会避开大路，选择靠近沟渠和排水沟的狭窄小路，这样她会觉得不太容易碰到英格玛。

这种恐惧感从未消失过，因为她觉得在整个教区没有一个地方能完全避免遇到他。如果她走水路，他可能在那儿忙着浮运木材；如果她冒险钻进森林，他也可能在赶去干活的路上碰到她。

她在院子里除草的时候，总要朝大路多看几眼，以确保英格玛路过的时候她可以拔腿就跑。她必须保持警觉，因为英格玛曾经是家里的常客，她的狗即使看到他也不会狂吠；在碎石小路上昂首阔步行走的鸽子，也不会因为他的到来而拍打翅膀沙沙飞走。她得不到任何警报。

这种恐惧萦绕在格特鲁德心头，非但没有与岁月同逝，反而愈演愈烈。她所有的悲伤都转化成了恐惧，与之抗衡的心力却越发薄弱。"过不了多久，我就不敢出门了，"她心里想，"就算没有精神失常，我也可能变得古怪而孤僻。上帝啊上帝，让这种恐惧赶快消失吧！"她祈求道，"我看得出，爸妈已经认为我精神不正常了。其他人也这样想。哦，亲爱的耶和华上帝，救救我！"她喊道。

在这种恐惧感最为严重的一个夜晚，格特鲁德做了一个梦。她梦见自己挎着奶桶，外出给牛挤奶。这段路很漫长，牛群在森林边缘封闭的牧场里吃草。她走在沟渠和野地排水沟旁边的狭窄的小路上，感到又虚弱又疲倦，走得很吃力，最后都抬不起脚来。"我这是怎么了？"她在梦中问自己，"为什么我觉得走路这样吃力？"然后，她又回答道，"你之所以疲惫不堪，是因为背负了太多的悲伤。"

最后，她终于走到了牧场，然而那里一头牛也没有。她不安起来，开始在它们常去的地方寻找起来——矮木丛后面、小溪边、白桦树下，却一无所得。在寻找牛群的时候，她发现森林方向的树篱有一个缺口。她马上警觉起来，站在那里绞扭着双手。她忽然明白，牛群一定从这个缺口跑掉了。"我已疲惫不堪，却还要寻遍整个森林找它们！"她在梦中呜咽地说。

于是，她径直朝森林走去。因为要在冷杉树丛和多刺的杜松树丛中趟出一条路，她走得并不快。不久，她发现脚下的道路变得平滑起来，但她不知道自己身在何处。棕色的冷杉针叶覆盖在路面上，使路面柔软而湿滑。道路两旁长着参天的劲松，阳光透过树丛落在黄色的苔藓上嬉戏。这里如此安静美好，让格特鲁德一时间忘记了恐惧。

忽然，她看到一位老妇人走在树林里。那不是芬内·玛丽特吗？这里有名的巫婆！"这邪恶的老妇人竟然还活着，多么可怕啊，"格特鲁德心里想着，"我可能会在森林里遇到她！"她试图悄悄溜过去，不让女巫发现自己。然而，不等她走过去，女巫便抬头看到了她。

"嘿，那边！"老妇人喊道，"等一等，你来看样东西！"瞬间，芬内·玛丽特便来到路中央，几乎双膝跪地出现在格特鲁德面前。然后，她用食指在满地的冷杉针叶上画了一个圈，并在圆圈中间放上一个浅口的铜碗。

"她这是在召唤什么？"格特鲁德心里想，"哎呀，她真的是一个女巫！"

"低头看看这碗！"芬内·玛丽特说道，"你会看到些东西。"格特鲁德低下头，吃了一惊——她分明透过碗口看到了英格玛的脸。老妇人拿出一根长针，递给她。"看这里！"她说道，"拿着它，刺他的双眼。是他欺骗你在先。"格特鲁德有些犹豫，但最终没有禁住诱惑。"为什么他过上了好日子，既幸福又富有，而你却要承受煎熬？"老妇人说道。听了这话，格特鲁德不由自主地按这妖言的蛊惑将针尖朝下。"注意了，你要正好刺中他的眼睛才行！"女巫说道。于是，格特鲁德拿好针，先刺中英格玛的一只眼睛，再刺中另一只。这么做的时候，她发现针伸向了远方——它没有碰到碗底，而是刺到了什么柔软的东西上。当她拔出针的时候，惊恐地发现上面鲜血淋漓。

格特鲁德看到针上的血，以为自己真的刺瞎了英格玛的眼睛。她对自己的作为无比悔恨，于是从梦中惊醒过来。

有很长一段时间，她躺在床上，浑身颤抖，痛苦不已，直到确信那不过是一场梦。"愿上帝保佑我，不要让我再有复仇的念头！"她呻吟着。

她刚刚平静下来，就又睡着了，而刚才的梦境又一次出现了。

她再次沿着狭窄的小路朝牧场走去，这一次牛群还是走失了，她走进森林寻找它们，然后又看到了那条美丽的小路，看到阳光在苔藓上嬉戏。忽然，她回想起刚才梦中所发生的事，害怕极了。她担心再碰到那个老巫婆。还好此时没有看到巫婆的身影，她才松了口气。

突然，她看到两丛青苔中间的土地好像裂开了。从里面先钻出一个头来，然后，一个身材矮小的男人从地里爬了出来。这个矮小的男人一直发出嗡嗡的声响。她认出了这个人。这是"哼唱皮特"，据说他的脑子坏掉了。有时候他住在村里，但在夏季通常住在森林的泥洞中。

接着，格特鲁德又回忆起村民们对皮特的评价："任何人想要借刀杀人，都可以找他帮忙。"人们怀疑他在别人的教唆下多次纵火。

格特鲁德走上前去，半开玩笑地问他，是否愿意放火烧掉英格玛农场。她说她希望有人能毁掉农场，因为比起她来，英格玛·英格玛森更在乎农场。

让她恐惧的是，这个愚笨的侏儒竟真的要照她的话去做。他兴奋地点点头，然后朝农场跑去。格特鲁德在后面追，却怎么也追不上他。她的裙子缠在路边的矮树丛上，她的脚深陷泥潭，她绊倒在石地上。当她终于跑到森林边缘的时候，透过林立的树木她看到了冲天的火光。"他真的做了，他放火烧了农场！"她尖叫着，再次从梦中惊醒。

而后，格特鲁德坐在床上，眼泪流过脸颊。她不敢再躺下去，担心再梦到那种事。"哦，耶和华救我，耶和华救我！"她哭喊道，"我不知道有多少罪恶隐藏在心里，但上帝知道，这些日子我从未想过报复英格玛。哦，上帝，不要让我坠入罪恶！"她祈祷道。在极度绝望中，她一边绞扭着手，一边哭喊道：

"悲极恶生，悲极恶生，悲极恶生！"

她并不清楚这句话的含义，但是她感到自己可怜的内心如同被踩躏过的花园一般。花园里所有鲜花都被连根拔起，现在这种悲伤幻化成一位园丁，游荡在花园中，在那里种上野蓟和有毒草药。

第二天整个上午，格特鲁德都觉得自己在幻梦中。这个梦境太真实了，令她无法释怀。一想到她把针插入英格玛眼中的那种满足感，她就浑身战栗。"我竟变得如此残酷，且满腔怨恨，这是多么可怕啊！我该如何让自己摆脱这个样子？否则，我真的会变成一个邪恶之人！"

晚饭过后，格特鲁德外出，给牛群挤奶。如往常一样，她拉下头巾，遮住脸庞，低头垂目。她沿着一条狭窄的小路去农场，这条路跟梦中那条一模一样，就连路边的花朵都别无二致。她还是一副半睡半醒的迷离之态，几乎无法区分现实与梦境。

到了农场以后，她发现牛群并不在那里。于是，她开始寻找，如梦中一般——她寻遍了小溪边、桦树下、灌木丛后，但一无所得。她确信牛群一定就在附近，如果她头脑清醒的话，早就能找到它们了。这时，她发现树篱上有一处缺口，她马上意识到牛群是从那里逃走的。

格特鲁德立即动身，追着松软的林地上的牛蹄印寻找走失的牛群。现在，它们转入大路，朝偏远的赛特尔去了。"啊！"她说道，"我终于知道它们去哪了。我记得今早，好运农场的村民赶着牛群去赛特尔了。我们的牛一定是听到牛铃的叮当声，冲破树篱，跟着它们跑了。"

格特鲁德这么一着急，竟瞬间清醒过来。她决定立即前往赛特尔，亲自把牛找回来。否则，天知道它们什么时候才能回来。现在，她步履轻盈地走在陡峭的岩石路上。

她在山上走了一阵子，转过一个急弯，她忽然发现平坦的地面上布满了松针。这不正是梦中的那条小路吗？路边高耸着同样的松树，同样斑驳的阳光跳跃在苔藓上。

眼前的景象让格特鲁德又忽地陷入梦境。她继续前行，期待着某种奇迹。她朝冷杉树看了看，想知道会不会有神秘的人漫步在森林深处。但是，连一个人影也没有。一个新的念头浮现在她脑中。"假如我真的报复了英格玛，我的恐惧还会在吗？那样我会摆脱这种疯狂的恐惧吗？如果他遭受了我现在所受的痛苦，我能获得解脱吗？"

这条美丽的路似乎无穷无尽。她走了整整一个小时，令她惊讶的是，竟然什么也没有发生。最后，这条路止于森林牧场。这儿的景色也不赖，绿草覆盖，野花丛生。一边耸立着陡峭的山，另一边林立着高大的树——多是花楸树，树上长满一簇簇白色的花朵，周围还点缀着一些桦树和桤木。一条宽阔的小溪从山上奔流而下，蜿蜒流经牧场，流入覆盖着矮树丛和灌木丛的沟渠。

格特鲁德一动不动地站在那儿，她立刻知道了这是什么地方。这条小溪名为黑水溪，关于它有一些神奇的传说。有时，穿越这条小溪的人会清晰地看到发生在其他地方的事情。一个少年，曾经在穿越溪水的时候，看到新娘的送亲队伍行进村子深处的教堂；一个烧炭工曾经看到一位皇帝，头戴王冠，手持权杖，骑着马赶去加冕典礼。

格特鲁德的心一下子提到了嗓子眼。"或许我会在这里看到些什么吧，上帝啊，请对我仁慈些！"她喘着气说道，几乎想转身离去。"可怜如我！"她为自己感到难过，恸哭不已。"但是我必须——必须穿越这条溪水，找回我的牛群。"

"亲爱的耶和华，不要让我看到任何可怕或者不祥的场景！"她祈祷道，双手十字交错地紧握着，因为恐惧双手颤抖起来，

"不要让我陷入诱惑。"

毫无疑问，她认为自己会看到些什么。她对这种想法坚信不疑，甚至不敢踩着石头过河。然而，有些东西迫使她前进。当她过河行至半路，忽然看到在对面溪岸有东西在树丛中移动。那可不是送亲队伍，而是一位隐居者，正缓缓向牧场走去。

此人年纪轻轻，身材高大，穿着黑色及踝的长袍。头上没有戴头巾，黑色长发披散在肩头，长着一张修长而俊美的面孔。他径直朝格特鲁德走来。他的双眼明亮而有神，闪着神奇的光芒。当他注视格特鲁德的时候，她感到他能读懂她所有的悲伤。她看得出他很慈悲，他怜悯她脑海中总是萦绕着恐惧，总是害怕尘世间微不足道的琐事；怜悯她的灵魂因复仇之念而变得阴暗；怜悯她的心田已被种下愁苦之蓟和有毒的花。

当他走近时，格特鲁德感受到一种幸福感，而且这种感觉越发地祥和平静！当他走过时，格特鲁德不再感到恐惧或愤恨。所有不好的念头都消失了，好像疾病被治愈了一般。

良久，格特鲁德全神贯注地站在原地。所见之景象越发模糊了，但是她仍然被这种美吸引着，这种美好的感觉依旧与她为伴。她双手紧握，欣喜若狂地举了起来。

"我看到耶稣基督了！"她欢喜地喊了出来，"我看到耶稣基督了！他使我从悲伤中解脱出来，我爱他。现在，我不会再爱尘世中的任何人了。"

生活中的考验忽然变得微不足道，生命的漫长岁月在时光之镜中不过昙花一现，尘世的快乐似乎变得浅薄而无味。忽然间，格特鲁德一下子明了了余生的安排：她不会再陷入恐惧的黑暗，也不会被诱惑着去做任何卑鄙或令人憎恨的事，她将跟着海尔干拥护者一同前往耶路撒冷。在耶稣经过她身边时，她便产生了这种念头。她觉得这是耶稣对她的指引：她从他的眼中读到了这一切。

六月里一个美丽的日子，伯杰·斯文·佩尔松将女儿嫁给了英格玛·英格玛森。清晨，一位身材修长的年轻姑娘出现在英格玛农场门口，询问能否跟新郎说句话。她把头巾拉低，遮住脸庞，但仍可见肤如凝脂，唇若娇玫。姑娘胳膊上挎着一个篮子，里面装了一小捆手工饰品、些许发链和发箍。

在庭院里，她碰到一位年迈的女仆，她拜托此人替自己捎个口信。女仆把消息告诉给农场的女主人。女人厉声说道："告诉她，英格玛·英格玛森驾车去教堂了，没时间跟她说话。"

姑娘得到这样生硬的回绝，只好先回去。直到近亲队伍从教堂回来，姑娘才再度登门，询问自己能否跟英格玛·英格玛森说几句话。这一次，她碰到一位在马厩门口闲逛的男仆。男仆进屋把口信带给主人。

"告诉她，英格玛·英格玛森正在招待婚礼宴席，"新娘说道，"没时间跟她说话。"

收到这样的回复，姑娘叹了口气，又离开了。她第三次来到农场的时候，天色已晚，日落西山。这一次，她让一个在大门口打秋千的孩子替她带口信。孩子径直跑进屋里，告诉新娘。

"告诉她，英格玛·英格玛森正在跟他的妻子跳舞，"新娘说，"没有时间跟她说话。"

孩子照原话给她回了信，姑娘却宽厚地笑了，说道："你说的不是真话。英格玛·英格玛森没有跟他的新娘跳舞。"

这一次，她没有离开，而是站在门口继续等待。

与此同时，新娘却在想："我在自己婚礼当日说了谎！"她为自己的谎话感到难过，于是告诉英格玛，外面有一个陌生人想要跟他说几句话。英格玛走出去，看到格特鲁德站在大门口等他。

毫不夸张地讲，这短短的几周让英格玛苍老了很多。至少，他脸上多了几分可见的精明和谨慎。他的背更驼了，笑容更少了。虽然他比从前富有了，却没有更加幸福。

事实上，他并不愿意见到格特鲁德！自拍卖会之后，他每天都试图说服自己，说自己对这次交易无怨无悔。"事实就是，我们英格玛森家族的人应该把在英格玛农场耕作和播种看得重过一切。"他常常对自己说这样的话。

然而，有一件比失去格特鲁德更困扰他的事情——现在有一个人可以说，他不是个信守承诺的人。英格玛走在格特鲁德身后，满脑子都是格特鲁德对他说的轻蔑之词。

这时，格特鲁德坐在路旁的一块石头上，把篮子放在地上，然后把头巾拉得更低。

"坐吧，"她对英格玛说，一边指了指另一块石头，"我有很多事情要告诉你。"

英格玛坐下来，庆幸自己还能保持冷静。"这比我想的要容易，"他在心里对自己说，"我以为再见到她，听到她说话，会让自己特别难受。我还担心自己对她的爱会战胜理智。"

"如果没有必要，我不会在你的婚礼当日来叨扰你的，"格特鲁德说道，"我要离开这儿了，不再回来。我本打算一周前起程，但有些事情让我不得不推迟行程。所以，今天我特意来找你。"

英格玛坐在那里，蜷成一团。他耸着肩、缩起头，像是要准备承受狂风暴雨般的谴责。他对自己说："无论格特鲁德怎么想，我都要坚信自己的选择是正确的。如果没有农场，我将会迷失自我。"

"英格玛，"格特鲁德说，脸一下子红了，尽管有头巾遮着，也能看出她脸颊处的红晕，"你应该记得，五年前我就准备加入海尔干派。那时，我把心献给了基督耶稣，但是后来我反悔了，把心交给了你。我那么做是不对的，那也正是我如今受到折磨的原因。正如我曾经离弃过耶稣，我心爱的人如今也离弃了我。"

当英格玛意识到格特鲁德打算告诉他，她要追随海尔干派，他马上表现出不赞同。"我无法忍受让她加入耶路撒冷一行人，去一个陌生的国度。"他想。他强烈反对她的计划，好像自己与她仍有婚约一般。"你不要那么想，格特鲁德，"他争辩道，"上帝从未想过以此来惩罚你。"

"不，不，英格玛，这并非惩罚，当然不是！这只是让我明白，我曾经做出了多么错误的选择。哈，但那绝不是惩罚！我现在觉得自己很幸福，毫无遗憾。我所有的悲伤都化作了喜悦。当我告诉你，耶和华亲自选中了我、呼唤我的时候，你要理解这些，英格玛。"

英格玛沉默不语。他的眼里流露出疲倦的神色。"别傻了！"他在心里对自己说道，"让格特鲁德走吧。你与她之间隔着海洋和陆地是最好不过的事了——海洋和陆地，是的，海洋和陆地！"

然而，他内心深处却是万般不舍，而且这种感觉愈加强烈，于是他最终开口说道："我认为你的父母不会允许你离开他们的。"

"他们当然不会！"格特鲁德回答道，"我很清楚，所以我不敢问他们。父亲决不会同意的。如果有必要，他甚至会强行阻止我离开。最难的是我不得不偷偷溜走。现在，他们以为我去镇上卖我的手工艺品，所以，他们要等到我加入在哥德堡的朝圣队伍离开瑞典时，才会知道事情真相。"

英格玛想到格特鲁德宁愿让自己的父母承受如此沉重的悲伤也要离开，便悲从中来。"她能意识到自己此举有多么糟糕吗？"他想知道。他打算告诫她一番，却忍住了。"无论她做任何事情，你都无权责备她。"他自言自语道。

"事实上，我知道我的父母会非常难过，"格特鲁德说道，"但我必须追随基督耶稣。"她微笑着说出救世主的名字，"是他挽救了我，我才不致毁灭。是他治愈了我的灵魂！"她深情地说道。

她像重新找到了勇气似的，摘下头巾，直视英格玛的双眼。英格玛忽然意识到，格特鲁德这是在拿他与她心目中的救世主作比较，而且一定觉得眼前的这个人渺小到微不足道。

"我的父母会非常难过，"她重复道，"现在，父亲年事已高，用不了多久，他的学校就要关门了。这样一来，他们的生活费将比从前更少。而且，当父亲没有工作可做时，他就会变得暴躁不安。母亲的日子就不好过了。他们俩都不会开心。当然，如果我在家里，时时劝慰他们，情况会大不相同。"

格特鲁德停下来，好像担心说出真实的想法。英格玛的喉咙发紧，眼睛湿润起来。他猜想，格特鲁德是想请他照顾她年迈的父母。

"我本以为她今天来这里，是为了辱骂和威胁我。相反，她对我敞开了心扉。"

"不用你开口，格特鲁德，"他说道，"我曾经伤害过你，如今你能给我这样的机会，是我莫大的荣幸。请放心，我一定会善待你年迈的父母，比我对你还要周到。"

当英格玛说这些话的时候，他的声音有些颤抖，脸上再无倦态。"格特鲁德对我多么好啊！"他心里想，"她提出这样的要求并非仅仅替她的父母考虑，而是想让我知道，她已经原谅我了。"

"我知道，英格玛，你不会拒绝的。我还有其他事情要告诉你，"她现在说话的语气更加爽朗，更加自信了，"我要给你带来一份惊喜！"

"格特鲁德说话的声音是多么动听啊！"英格玛心里想，"这是我听过最甜美、最愉悦、最悦耳的声音！"

"大约一周之前，"格特鲁德接着说道，"我离开家，打算直接去哥德堡，与海尔干派的其他成员会合。第一个夜晚，我住在柏格萨纳一个贫穷的寡妇家里，她的名字叫玛丽·波夫。英格玛，我希望你能记住这个名字——玛丽·波夫。如果她日后上门请你帮忙，你一定要尽力而为。"

"多么漂亮的格特鲁德啊！"他心里想，一边点头应允，自己会记住玛丽·波夫这个名字，"她多么美啊！如果她离开了，我会变成什么样子呢？如果我为了旧农场而放弃她，请上帝饶恕我！田野和牧场永远不会像活生生的人那样对待你——当你高兴时，它们不会陪着你笑；当你难过时，也不会安慰你！在这个世上，没有东西可以弥补失爱之痛。"

"玛丽·波夫，"格特鲁德继续说道，"她家的厨房旁边有个小房间，她让我晚上睡在那儿。'今晚，你会睡个好觉的，'她对我说道，'这套寝具是我从英格玛农场的拍卖会上买回来的。'但是，当我躺在床上，总觉得枕头里有块硬东西。我想，这毕竟不是玛丽买给自己的上好的寝具；我走了一天的路，太累了，一会儿就睡着了。半夜，我醒来，把枕头翻来调去，想避开里面的硬块。在铺平枕头的时候，我发现枕芯被划开过，然后又被笨拙地缝上了，里面好像塞进去了硬纸包一样的东西。'我也不必枕在岩石上睡啊。'我对自己说。于是，我扯开枕头的一角，从里面拿出那个用纸包裹起来，并用绳子系好的小纸包。"

格特鲁德停下来，瞥了一眼英格玛，想看看这番话有没有引起他的好奇，但很显然，他没有认真听她讲话。

"格特鲁德边讲话，边打手势的时候，是多么美啊！"他心里想，"我还没见过同她一样优雅的姑娘。有一句老话，'人爱人类胜过一切'。尽管如此，我还是认为自己做得没错，因为需要我的不仅是农场，还有整个教区的百姓。"同时，他也感到很难受，此时他再想说服自己爱农场胜过爱格特鲁德，已经变得不那么容易了。

"我把这个纸包放到床边，想等到早上，再把它交给玛丽。但是天亮的时候，我看见包装纸上写着你的名字。为了查明真相，我决定把它带走，然后悄悄地交给你，既不告诉玛丽，也不告诉任何其他人。"于是，她从篮子里，拿出这个小纸包，并说道："给你，英格玛。拿着它，这是你的东西。"她猜英格玛会感到惊喜的。

英格玛接过包裹，但根本没有在意自己收到了什么。此刻，他正在竭力避开那种悄悄逼近他的痛苦与悔恨。

"格特鲁德是多么迷人啊！尤其在她如此温柔与甜美的时候。要是她来苛责我一番，倒会更好一些。我想我应该为她现在的样子感到高兴才对，"他心想，"但是我做不到。她似乎在感激我离开了她。"

"英格玛，"格特鲁德叫道，她的声音让他意识到，她有很重要的事情要告诉他，"当年，埃洛夫在英格玛农场卧病在床之时，很可能用过这个枕头。"

她把纸包从英格玛手里拿过来，然后打开它，从中抽出二十张崭新的钞票，每张都是一千克朗的面值。她把这些钱拿到他眼前，说道：

"看，英格玛！这些是你应该继承的财产。是埃洛夫把它们藏到枕头里了！"

这一次，英格玛才听到她说的话，看清这些银行票据。然而，他对所闻所见却有一种隔世之感。格特鲁德把钱放到他手里，但是他的手指无法并拢。钱，掉到了地上。格特鲁德把它们捡起来，重新塞进了他的口袋。英格玛站了起来，如醉汉一般摇摇晃晃。忽然，他举起手臂，挥舞着紧握的拳头，像酒醉之人惯常的举动。"我的上帝！我的上帝！"他呻吟着。

他多么想跟我们的耶和华好好谈一谈，问问他为什么这些钱不能早点被发现，为什么要在这个时候出现——他已经不需要它了，他已经失去了格特鲁德。接下来，他的双手重重地垂在格特鲁德的肩上。

"你太会报复了！"

"英格玛，你觉得这是报复吗？"格特鲁德沮丧地问道。

"那我该怎么说？为什么你没有把钱马上送过来？"

"我想等到你大婚之日。"

"如果你早点送过来，我就可以从伯杰·斯文·佩尔松那里买回农场，然后与你成亲。"

"是的，我知道。"

"可是，你却在我婚礼当日把它送过来，太迟了！"

"英格玛，无论如何都太迟了。一周以前就已经太迟了，现在太迟了，永远太迟了。"

英格玛无力地坐在石头上，掩面大哭起来：

"我以为没有别的办法了，在这个世上无力扭转大局了！但是，现在我才知道，是有办法让我们在一起的。"

"英格玛，你要明白一件事：当我发现这笔钱的时候，我马上意识到它能为我们做些什么，正如你说的那样。但是，这对我来说毫无吸引力——一秒钟都没有，因为我已经属于别人了。"

"你留着这些钱吧！"英格玛大喊道，"我觉得好像有一头狼在啃食我的心！如果认定无路可走，我不至于如此难过；但是现在，我知道了你本可以属于我，我无法……"

"为什么，英格玛！我来这里是想让你快乐的。"

与此同时，屋里的人已经等得不耐烦了，有人走到门廊上，叫喊着："英格玛！英格玛！"

"是的，新娘在等我！"他悲伤地说道，"想想吧，格特鲁德，这一切都是你造成的！我背弃你，是迫于环境；而你亲手毁了这一切，只为让我痛苦。现在，我终于明白那种感受了——在我母亲杀死他们的孩子时，我父亲的感受！"

然后，他嚎啕大哭起来。"我从未如此爱过你！"他激动地喊道，"现在我对你的爱远胜过去。可万万没想到的是，爱是这般的残酷而苦涩！"

格特鲁德把手温柔地放在他的头上。"英格玛，"她平静地说道，"我从未想过要报复你。可是，只要你的心与尘世之物结合，最终便是与悲伤结合。"

良久，英格玛低着头，一动不动地坐在原处。当他终于抬起

头时，格特鲁德已经离开了。农场里的人跑来寻他。他攥紧拳
头，朝坐着的石头上狠狠一击，脸上挂着一副坚毅的神情。

　　"格特鲁德和我终会重逢的，"他说道，"那时，也许一切都
不一样了。谁都知道，我们英格玛森家族的渴求之物从未落空。"

主任牧师的遗孀

每个人都试图劝说海尔干派不要去耶路撒冷。最后，似乎连群山与山谷都回应着这种恳求："别去！别去！"

就连乡绅们也竭力劝说那些农民放弃这样的想法。法警、法官、议员轮番上阵，让那些海尔干的追随者不得安宁；他们一再追问，如何能确定那些美国人不是骗子：因为他们并不知道自己在同什么样的人打交道。在那个远东国家，既无法纪，也无秩序；每个人都有可能落入强盗之手。此外，那里连像样的公路都没有——所有的东西靠驮马运输，如同在北方的野生森林中一般。

医生说，他们无法适应那边的气候；在耶路撒冷，天花与恶性高烧肆虐，他们简直就是去赴死。

海尔干的信徒们回答说，他们对此一清二楚，那正是他们前往此地的理由。他们只身前往，就是为了战胜天花与恶性高烧，为了修建公路，耕种土地。上帝的圣城不会再荒芜下去；他们誓要将它变为天堂。没有人可以动摇他们的初衷。

主任牧师的遗孀住在村子里。她的年纪已经非常非常大了。自从她的丈夫去世，她就住在邮局楼上的一间大房子里，街对面就是教堂。

一些家境比较富裕的农妇一直遵循一个规矩，就是每逢周日，去教堂做礼拜之前，她们都会给她带去新烤制的面包、一小块黄油，或者一罐牛奶。每到有人拜访的时候，她总会吩咐人把咖啡壶烧上水，来访者中嗓门最大的人跟她聊天，因为她聋得厉害。她们试图告诉她村子里每周发生的事情，但她们也不确定她能听到多少。

　　她从不离开自己的房间。有一段时间，人们似乎忘记了有她这个人。后来，有人路过她家，看到垂落的白窗帘后面露出一张苍老的脸，于是就想："我不能忘记这个孤苦的老人，明天，等我们杀了小牛，就去看望她，给她带些新鲜的嫩牛肉。"

　　没有人知道她对教区发生的事情知道多少。随着岁月的流逝，她变得越发淡漠，显然对世间之事不再上心。现在，她整日坐在那里读古体《圣经》批注，对里面的内容已经了然于心。

　　与她同住的是一位忠实的老仆人，帮她料理衣物，准备三餐，她们两个胆子都很小，极其害怕强盗和老鼠。晚上，她们宁愿坐在黑漆漆的屋里，也不肯点灯，只是因为害怕引起火灾。

　　有几个人以前常去拜访主任牧师的遗孀，给她带些小礼物，最近他们加入了海尔干派；但自从他们皈依新教，就与一切不信从他们的人断绝了来往，所以他们不再去看她了。没有人知道她是否明白他们为什么不再登门看望她，也没有人知道她是否听说过他们打算移居耶路撒冷。

　　但是，有一天老太太突然决定要驾车出去溜达，便吩咐仆人找一辆双驾马车。可想而知，她的老仆人会多么惊讶！她对此举表示反对。但老太太只是装聋作哑，然后抬起右手食指指着外面，说道：

　　"我想出去兜兜风，萨拉·莉娜，你必须给我找辆双驾马车来。"

萨拉·莉娜无计可施，只能遵命。于是，她跑到牧师那里，借来一辆外观得体的马车。然后，她又把老太太放在柜子里二十多年、满是樟脑味的一件旧裘皮披风和一顶旧天鹅绒软帽取出，晾一晾，刷一刷。最后，她搀扶着老太太下楼梯、上马车。这可不是小事！因为，老太太太虚弱了，她的生命就像摇曳在暴风雨中的烛火一样，一不小心就熄灭了。

主任牧师的遗孀终于顺利地坐上了马车，她吩咐车夫带她去英格玛农场。

但愿农场里的人见到她不会过分惊讶！农场的仆人们赶紧跑出来，把她从马车上抬下来，然后引领着她进入客厅。桌边围坐着海尔干的信徒们。最近，他们经常聚到一起，用一些简餐——通常只吃些米、茶和其他清淡的食物，为穿越沙漠做准备。

老太太进屋后，先环视一周。有几个人试图跟她说话，但那天她一律充耳不闻。忽然，她举起手，以一种严厉而干涩的声音——这是耳聋的人惯常的讲话声调——说道："你们不再来看我；所以，我来看你们，告诫你们不要去耶路撒冷。那是一座邪恶的城市。我们的救世主就是在那里被钉上十字架的。"

卡琳试图回应老太太的话，但是对方根本不予理会。老太太接着说道：

"那是一座邪恶的城市，"她重复道，"住在那里的都是恶人，他们把耶稣基督钉在十字架上。我今天来，"她说道，"因为这曾经是一所体面的家宅。英格玛森美名千里，家族的美誉会光耀千秋万代。因此，你们必须留在我们的教区。"

说完，她便转身离开了。现在，她已尽了自己的本分，可以平静地死去了。她完成了人生最后的使命。

老太太走后，卡琳大哭起来。"也许我们不该去。"她叹息道。然而，令她庆幸的是，主任牧师的遗孀说英格玛森美名千里——家族的美誉会光耀千秋万代。

这是第一次，也是唯一一次，卡琳产生了动摇，产生了对这项伟大事业是否明智的怀疑。

朝圣者们的启程

七月里，一个清爽的早晨，一列长长的货运马车浩浩荡荡地驶出英格玛农场。这些海尔干的信徒终于完成了一切准备工作，踏上了前往耶路撒冷的漫长旅程——此行的第一阶段，是前往火车站的长途驾驶。

队伍朝村庄行进，必须经过一间破败的茅舍，人们将其唤作马克米尔。住在那里的都是些声名狼藉的家伙——简直就是世间的渣滓。他们出生之时，上帝要么望向了别处，要么就是忙于其他。

这里的孩子整日蓬头垢面、衣衫褴褛地四处乱窜，一有车子经过，他们就惊叫不已，同时对车上的人恶语相向；一位丑陋的老太婆，平日总是似醉非醉地坐在路边；还有一对常常争吵不休的夫妇，他们从未凭借诚实劳动赚钱养家。没人知道他们是乞讨多于偷窃，还是偷窃多于乞讨。

这一天，前往耶路撒冷的朝圣者们途经这间简陋的茅舍，多年来在狂风暴雨的侵袭下这间茅屋已几近倒塌。今日那位丑老太婆身子挺拔、神情肃穆地站在路边，要知道她平日总是喝得微醉，东倒西歪地坐在此处，满嘴胡说八道，同她一起的还有四个孩子。他们五个人梳洗干净，穿戴得尽可能体面。

坐在第一辆马车里人看到这一幕，放慢了速度，缓慢前行。后面的马车也让马儿慢下来。

所有的朝圣者突然都哭了起来，大人们低声啜泣，孩子们嚎嗨大哭。

　　没有什么能比看到这一幕更加触动他们的了——乞丐莉娜梳洗干净,神志清醒地站在路边,目送他们起程。即使多年后,他们一想到她,想到那天早上,她如何克制着不去喝酒,带着孙儿们,穿戴整齐地站在路边向他们的离去表示致敬,这些人的眼里就会盈满泪水。

　　他们走后,乞丐莉娜也开始哭泣。

　　"那些人将在天堂与耶稣相见,"她告诉孩子们,"他们所有人都将升入天堂,而留下来的我们只能站在路边。"

　　马车队驶过半个教区,行至一座长长的浮桥前,浮桥飘摇在河水上方。

　　穿过此桥困难重重。首先要穿过河边的陡峭的斜坡,还要爬过两处让小船与木筏从下驶过的圆拱。而对岸的道路崎岖得让人与野兽同样忌惮。

　　这座桥可谓村民的烦恼之源。桥面的木板一直在腐烂,需要时不时地更换。春天,融冰期到来时,人们需要日夜看守着浮桥,以免顺流而下的浮冰冲毁桥面;到了雨水期,河面水位上涨,桥的主体又总是被冲垮。

　　然而,尽管这桥是一副破破落落要散架的样子,教区里的人却引以为傲。若不是托这座桥的福,一旦人们要渡河前往教区的另一端时,他们还得求助于独木舟或者摆渡船。

　　当这些朝圣者过桥时,摇晃的桥面不停地发出嘎吱声。河水透过桥板的缝隙涌上来，溅到马儿的腿上。

就要离开亲爱的老桥了，每个人都感到很悲伤。因为他们知道，物之归属有别：房子、农场、果园和草地，一定属于不同的主人；然而，有些东西却是大家共有的，就像这座老桥。

但除此之外，他们就没有共享之物了吗？桥的另一端，桦树林中的教堂，难道不是他们共有的吗？那所漂亮的白色校舍、还有牧师的住所，难道不是他们共有的吗？

他们共享的岂止这些，还有桥上美丽的风景：宽阔的河水沿着树木掩映的两岸静静流淌，在夏日阳光的照耀下泛着粼粼波光；山谷对面，连绵的蓝山清晰可见。所有这些都是他们共有的！他们的双眼仿佛被灼伤了，今后他们再也看不到这些了。

当这些海尔干的信徒走到桥中央时，他们唱起桑基[1]的赞美诗。"我们还会再相见，"他们唱道，"我们会在伊甸园相见。"

桥上没有人在听他们的歌声，他们就唱给家乡的蓝山听，唱给银色的河水、摇曳的树儿听。他们的喉咙发紧，哽咽着唱出告别曲：

"啊，美丽的家乡，宁静的农场与肥沃的土地伴你；绿树掩映下红白相间的房屋伴你；还有你那茂密的树林和飘香的果园；粼粼河水流淌在悠长的山谷。听我们说！愿上帝让我们再相见，再相见在天堂！"

1　艾拉·大卫·桑基（1840—1908）：美国福音歌手和作曲家，创作了《信仰是胜利》《信靠耶稣》《在他的翅膀下》《九十九》等圣歌。

长长的马车队终于穿过浮桥，来到教堂墓地。墓地里，有一块又大又平的石碑，年久失修，几近坍塌。石碑上没有名字，也未刻日期，但一直以来，人们都认为荣氏祖先安息于此。

荣·比约恩·奥拉夫松是耶路撒冷朝圣者中的一员。当他和兄弟佩尔都是小孩子的时候，经常坐在那块石碑上聊天。有一天，他们起初聊得很亲密，但忽然因为某事争吵起来。两个人都提高了嗓门，吵得不可开交。如今他们已经记不得争吵的原因了，但让他们记忆犹新的是，在吵得最凶的时候，他们听到坐着的石碑下方传出清晰的拍打声。这让他们两个立即住嘴，然后手拉着手悄悄溜走了。后来，他们只要看到那块石碑就会想起此事。

如今，荣·比约恩驾车经过教堂墓地，他看见兄弟佩尔正坐在那块石碑上，双手捂着头。荣·比约恩勒住马，让其他人稍作等待。他下了马车，翻过墓地围墙，走到哥哥身旁坐下来，俩人又都坐在这块石碑上。

佩尔·奥拉夫松先开口："所以，你卖掉了农场，比约恩！"

"是的，"比约恩回答道，"我把一切都奉献给了上帝。"

"但是，农场不是你一个人的。"他的兄弟温和地辩解道。

"不是我一个人的？"

"是的，它属于整个家族。"

荣·比约恩没有回答，而是静静地坐着等待。他知道既然哥哥让他坐在那块石碑上，就说明他无心与他争吵。因此，他对佩尔接下来要说的话并无畏惧。

"我已经把农场买回来了。"他的哥哥说道。

荣·比约恩吃了一惊。"农场不属于家族了，就那么让你忍受不了？"他问道。

"我没有富裕到为此一掷千金。"

比约恩好奇地看着他的哥哥。

"我买下它是为了让你回来以后有事可做。"

比约恩不知所措，忍不住流下泪水。

"这样你的孩子也有个栖息之所……"

比约恩搂住哥哥的脖子。

"也是为了我的弟媳妇。"佩尔说道。

"如果她知道自己的房子和家人都在等候她，她一定会很开心。只要你们想回来，老家的门永远为你们敞开。"

"佩尔，你代替我去耶路撒冷吧，我留在家里。你比我更有资格踏上那片乐土。"

"不，不！"他的哥哥微笑地说道，"我理解你的心情，但是我更适合留在家乡。"

"我觉得你更适合升入天堂。"比约恩说着把手放到哥哥的肩上，"现在，请你一定要原谅我所做的一切。"

然后，他们起身，握手告别。

"这次再没有拍打声传出来了。"佩尔说道。

"真奇怪，你竟然想到来这里。"比约恩说道。

"我们兄弟俩最近碰面，总是不能心平气和地说话。"

"你觉得今天我会跟你吵架？"

"不，但我只要一想到将要失去你，我就很生气。"

他们一起走到马路上。佩尔走到比约恩的妻子面前，与她热情地握手告别。

"我已经买回荣家农场，"他说道，"我告诉你，是想让你知道，你在家乡永远有属于自己的地方。"然后，他又握住大孩子的手，说道："如果你想返回家乡，记住你的房子和土地都在。"他把这样的话说给每一个孩子听，甚至还说给只有两岁的懵懂的艾瑞克听。"你们这些孩子一定别忘了告诉小艾瑞克，无论何时只要他想回来，他的家还在。"

然后，耶路撒冷的朝圣者们继续前行。

当这支长长的马车队伍驶过教堂墓地，旅行者们遇到了一大批前来道别的朋友和亲人。他们在那停留了很久，因为每个人都想跟他们握手，同他们说几句离别的话。

后来，他们驾车经过村庄，路边站满了想亲眼见证他们启程的人。这些人有的站在门阶上，有的从窗口探出身子，有的坐在路边低矮的石篱上……住得比较远的人们则站在山丘上，朝他们挥手告别。

马车长队缓慢地经过人群，直到临近议员拉尔斯·克莱门森的家，才停了下来。因为贡希尔德想下车，与她的亲人告别。

自从贡希尔德决定与其他信徒前往耶路撒冷，她就一直住在英格玛农场。她觉得这样总比住在家里与双亲无休止地争吵要好，因为贡希尔德的父母坚决不肯同意女儿离家远行。

　　贡希尔德下了马车，她发现这里好像很久没有人居住了。屋里屋外一个人影也没看到。她走到院门前，发现大门上了锁。她跨过栅栏边的梯磴，进入庭院，发现房屋前门紧闭。然后，贡希尔德又绕到厨房门前，里面竟然上了门钩。她敲了几次门，但是没人回应。她用力向外拉门，把木棍插到门缝中掀开钩子，这样才终于进了屋。然而，厨房、客厅、里屋都被她寻了个遍，一个人也没找到。

　　贡希尔德想让父母知道，她远行之前曾回过家跟他们告别。她朝那张大组合写字台走去——她父亲总把他的书写材料保存在那里，然后拉下盖子。她一时间找不到墨水，于是开始翻抽屉和文件格。在寻找中，她看到了母亲的首饰盒。这是一个带有手绘花环图案的白色珐琅首饰盒，盒盖内侧绘着一个牧羊人给一群白色的羔羊吹笛子。贡希尔德打开首饰盒，想最后看一眼里面牧羊人的图案。

　　贡希尔德的母亲总是把最珍贵的纪念品放进盒子里——比如她自己磨损不堪的婚戒，丈夫的老式手表，以及贡希尔德的一对金耳环。但是，这一次当贡希尔德打开首饰盒，她看到这些东西都被取走了，只有一封信躺在里面。这封信是她亲笔所写。大约在一两年前，她曾乘船横渡锡利扬湖去莫拉旅行。不幸的是，船翻了，同行的一些旅人溺水身亡，她的双亲以为她也葬身湖底。贡希尔德忽然意识到，当她的母亲收到女儿来信，说自己安然无恙时，她一定高兴坏了，从此便把首饰盒里的其他东西都取了出来，只珍藏着这封信。

此刻，贡希尔德脸色惨白，内心绞痛。"现在我明白了，我毁掉了自己的母亲。"她说道。

她不想再写什么道别的话，只急匆匆地离开了。上了马车后，她也不理会那些是否见到双亲之类的询问。在余下的路程中，她一动不动地坐着，双手放在膝盖上，眼睛直直地盯着前方。"我毁掉了我的母亲，"她自言自语，"我知道是我毁掉了我的母亲，她会绝望地死去。我不会得到幸福。我就要去圣地了，但是我杀死了自己的母亲。"

这支长长的马车队穿过村庄，踏上了森林之路。直到此时，前往耶路撒冷的朝圣者们才第一次察觉到，有两个陌生人一直跟着他们。在村子里的时候，朝圣者们完全沉浸在离愁别绪之中，根本没有注意到这对陌生人，直到行至森林，这两个人才引起众人的关注。

有时候，这二人的马车会超过车队，跑到队伍前面；然后，他们停在道路一侧，等待队伍赶上来。这是一辆很普通的家用拉货马车，因此很难辨认出它的主人，更没有人能认出这匹马。

驾车的是一个老头，腰弯得很厉害，双手爬满皱纹，留着长长的胡须。没人认得他是谁。他身旁坐着一位女士，没人能看清她的脸，因为她头上遮着黑色的披巾，而且她用手紧紧地拽着披巾两侧，连双眼都要遮住了。许多人根据身形猜测她的身份，但每个人猜得都不同。

贡希尔德立即说道："那是我妈妈。"伊斯雷尔·托马森的妻子则宣称那是她的妹妹，而蒂姆斯·哈尔沃觉得那是年迈的伊娃·冈纳斯多特。

这辆神秘的马车一直陪伴着车队，而这个女人也一直没有摘下头巾。对于某些海尔干信徒而言，她被视为朋友，但也有人视其为敌人。不过大多数人觉得她是被众人遗弃的苦主。

只要路足够宽，这架神秘的马车就会超过车队，然后停在路边，目送车队驶过。这时，这位不知名的女士会转向这些旅者们，把头巾拉下，只露出眼睛，看着他们；但她并不特意与谁打招呼，所以还是没有人能确定她的身份。她的马车就这样跟着车队，直到火车站。人们期待在那里能够一睹芳容，但是等他们下了马车四处寻找她的时候，她已经离开了。

马车队伍经过村庄时，几乎没有人在收割、梳理，或者堆放干草。那个早上，似乎所有的农活都停了下来，所有人要么穿着周日做礼拜的服饰站在路边，要么驾车护送马车队。有的护送了十公里，有的送了十五公里，还有几个一直送到了火车站。

整个教区只有一个人没有停下手里的活儿。这个人就是霍克·马茨·埃里克森。他倒是没有割草——因为他觉得那是小孩子的把戏。他忙着清理自己地里的石头，年轻的时候他常常干这样的活儿，为耕地做准备。

马车驶过，加布里埃尔在路边看到了自己的父亲。霍克·马茨正在果园里用撬棍撬石头，再把石头堆在石篱上。他只顾挖石头、拉石头，从未抬起头。有些石块个头太大，让加布里埃尔感到父亲的腰随时会被压垮——他是用蛮力将巨石扔到石篱上，石块碎裂，火星四溅。加布里埃尔驾着车队之中的一辆货车，他让马儿自顾自地向前奔跑，自己的双眼则落在父亲的身上。

年迈的霍克·马茨一直在干活，不给自己喘息的时间。当他的儿子还是一个小男孩时，他经常这样卖力劳作，努力赚钱。此刻，悲痛万分的霍克·马茨仍在不停地挖撬石块，石块的个头越来越大，逐一被堆到石篱上。

不一会儿，车队驶过。一声巨大的雷鸣响彻天际。大家跑去避雨。一开始，霍克·马茨也想去避雨，后来改了主意，因为他不敢放下手头的活儿。

中午，他的女儿来唤他回家吃饭。霍克·马茨不是很饿，但他觉得自己应该吃点东西。最后，他却没有进屋，因为他害怕放下手头的活。

他的妻子一直把儿子加布里埃尔送到火车站，接近傍晚才回到家。她告诉丈夫，儿子已经离开了。然而即使听妻子讲话时，他也依然没有放下手头的活。

邻居们注意到在那天霍克·马茨是怎么干活的。时不时地，他们出来看看他，看了一会儿，再进屋说他还在那儿，他一整天都在劳作，没有休息。

落日的余晖，洒下最后一抹光亮，霍克·马茨还没有停下来。他觉得只要自己还有力气迈动步子，悲伤就会将他吞没。

他的妻子时不时过来看看他。果园里的石头都被清理干净了，石篱也足够高了，但这个小老头竟又拖来一块连巨人都难以举起的大石头。偶尔，邻居也会跑来看他是否还在那儿，但是没人敢跟他说话。

夜幕降临。他们已经看不到他的身影，但是能听到他筑墙时的声响，那是石头与石头碰撞发出的闷响。

最后，他蹲下来，想捡起从手中脱落的撬棍，一阵恍惚，他竟栽倒在地上，睡着了。

过了一会儿，他起身进屋，一句话也没说，衣服也没脱，躺在长木椅上就睡下了。

耶路撒冷的朝圣者们终于到了火车站。这座火车站修建在森林中的一块空地上，周围既没有城镇，也没有田野和庄园。然而，一切都经过大规模的规划，规划者似乎希望有一天能够在这片荒地上建起一座围绕铁路的重要的社区。

火车站周围的土地已经被铲平。站内的月台很宽阔，旁边还有一间宽敞的行李房，两边是无尽的砾石车道。在砾石广场周围，已经建起了几间商铺、工作室，一间照相馆和一家客栈。其余的空地还有待开发。

达尔河也流经此地。它从黑暗的森林里咆哮而来，喷吐着飞沫向前冲去，汇入一帘瀑布。耶路撒冷的朝圣者们很难想象这就是他们早上遇到的那条宽广而雄伟的达尔河。在这里他们看不到明快的山谷，因为杉树覆盖的高地将四周景致遮挡殆尽。

那些跟随父母前往耶路撒冷的小孩子被抱下马车，当他们看到这片荒芜的土地，立即不安地大哭起来。之前，想到要去耶路撒冷的时候，他们还雀跃不已——当然，离家之时他们也没少啼哭，但到了车站，他们却沮丧起来。

大人们忙着从马车上卸下行李，再把东西装进火车的行李车厢。他们忙得不可开交，根本没有时间去理会这些孩子，看他们要做些什么。

孩子们却聚集到一处，讨论着他们下一步该怎么办。

过了一会儿，大孩子牵着小孩子的手，两两一对，走出车站。他们朝来时的路走去——穿过沙地，经过麦茬地，越过河流，走进黑暗的森林。

忽然，那些干活的大人中有一个女人想起了这些孩子来。她打开食物篮子，准备给他们拿些吃的。她大声地叫他们的名字，却无人应答。这些孩子不见了。两个男人跑去找他们，跟着他们的小脚印走进了森林。他们看见这些小孩子排着长队前行，两两一组，大孩子牵着小孩子的手。听到大人的呼唤时，他们并没有停下来，而是继续朝前走。

大人只好追上他们，孩子们却挣脱着想要逃开。几个小孩子没跑出多远就摔倒了，于是，这些孩子都停了下来——难过地大哭起来，好像幼小的心灵被刺痛了。

"但是，孩子们，你们这是要去哪儿啊？"其中一个大人问道。随即，小孩子们嚎啕大哭，一个年龄最大的男孩回答道：

"我们不想去耶路撒冷。我们想回家。"

良久，这些孩子被带回车站，塞进车厢，但他们仍然哭哭啼啼："我们不想去耶路撒冷。我们想回家。"